U0120052

憶鵝湖

程兆熊 著

鵝湖山下稻梁肥，豚柵雞棲對掩扉，
桑柘影斜春社散，家家扶得醉人歸。

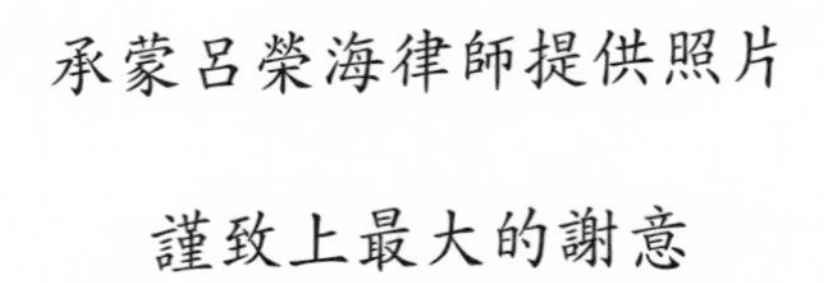

承蒙呂榮海律師提供照片

謹致上最大的謝意

1. 鵝湖書院入口拱門

2. 鵝湖書院入口拱門

3. 贈書 呂榮海律師（右）劉慶利（左）

4. 鵝湖書院牌樓：斯文宗主

5.程兆熊先生 鵝湖書院牌匾（程明琤女士提供）

6. 道學之宗

7.程兆熊先生攝於文化大學（程明琤女士提供）

8. 鵝湖書院爲四大書院之古石刻

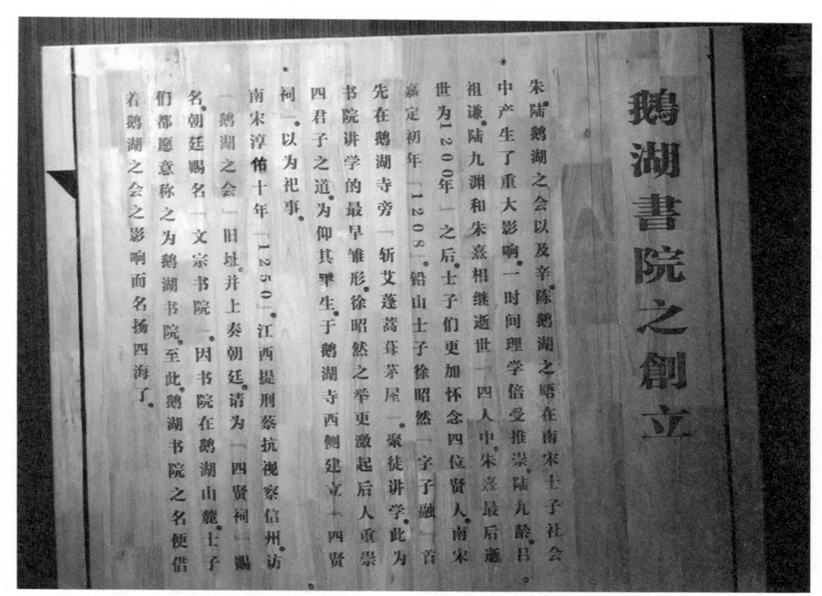

9. 鵝湖書院内標示的書院簡介

10. 吕祖謙

陆九渊（1139—1193），号象山，字
子静，书斋名
「存」，世人称存
斋先生。因其曾在
贵溪龙虎山建茅
舍聚徒讲学，因其
山形如象，自号象
山翁，世称象山先
生。陆象山。

11. 陸九淵

为学之道•莫先于穷理
穷理之要•莫先于读书

12. 朱熹

13. 臺灣呂氏宗親會訪鵝湖書院

14. 朱呂二陸及眾友鵝湖之會示意圖

15. 鵝湖書院內的半月池（程明琤女士提供）

16. 書院內「繼往開來」牌樓

鵝湖山下稻粱肥，
豚柵雞棲對掩扉，
桑柘影斜春社散，
家家扶得醉人歸。

——唐・張演，一作張濱——

程兆熊《憶鵝湖》一書二〇二二年版推薦序

欣見華夏出版有限公司於二〇二二年春，再出版鵝湖書院前賢程兆熊博士所著「臺灣山地四書」（《臺灣山地紀行》、《高山族中》、《高山行》、《山地書》），使我在期盼多年之後，終於得到「有書可看」之樂。《論語．學而》「學而時習之，不亦說乎？有朋自遠方來，不亦樂乎？人不知而不慍，不亦君子乎？」三事皆指向「快樂」與否，說明快樂為儒學功能之首。余讀程兆熊博士之著作，學習、交友，兼有此樂也。

古語有云「一見如故」，如果容許我「沒大、沒小」（閩南語），我對程兆熊博士及程門諸弟子如高柏園、溫金柯、蔡龍銘、趙信甫、曾議漢、曾錦煌、蘇子敬諸位先生，以及此次推動出版程兆熊博士著作的楊克齊、簡澄鏞、李惠君，我竟是到了「未見也如故」的境界。他們邀請我參加程兆熊博士新書出版的座談會，我還不認識他們，就報名了十場中的五場助講。何故？借用公元一一七五年曾參加「鵝湖之會」的陸象山曾說「宇宙內事，即己分內事」的句型，就是「鵝湖內事，即己分內事」，所以我欣然地接受了邀請，當然，也感謝他們邀請了我，他們也是一樣。

這就是「鵝湖」替大家結的緣。程兆熊博士曾在鵝湖書院辦過信江農學院，擔任校長，住在鵝湖多年（1945-1949），之後寫了一本《憶鵝湖》的書。而我和鵝湖書院結緣，是在程兆熊博士之後一甲子，我於二〇〇九年參加朱茂男、楊儒賓、朱高正、張崑將主辦、主持的第二屆「朱子之路」，到訪朱子住過、到過的多數重要地方、書院，最後一站翻越武夷山，來到江西上饒市鉛山縣的鵝湖書院，始悉朱呂二陸四賢於公元一一七五年曾有「鵝湖之會」。該「鵝湖之會」融會了儒學中理學、心學元素，以及幾年之後另二位事功學之陳亮、辛棄疾亦會於鵝湖，大言「金戈鐵馬 氣吞萬里如虎」。於是「鵝湖之會」融會了理學、心學與事功學，三元素全在鵝湖，九百年來各家論述甚至包括唯物論，皆不出這三元素，可以說這九百年來大家忽略了朱呂二陸「鵝湖之會」的宗旨，浪費了許多民族精英的精力。

而我這律師，三十年在法庭上所實踐的舉証、窮理、格物致知，及建立事功與面對法官的自由心證（本心），也在鵝湖之會的三元素之中，乃有「得道」之感。

在民國諸儒者之中，程兆熊博士通儒學、禪學，又通農學、園藝，為臺灣高山始種

蘋果、蔬果，造福世人，可謂集合鵝湖之理、心、事功之學三元素，而異於他純儒者。程兆熊博士在《憶鵝湖》一書「鵝湖書院可以重振嗎」的章節中，採牟宗三先生之論，謂現時應到了儒家第三期，雖未具體論第三期和第二期之宋明理學相比應有何加焉？其實，程兆熊博士本身的經歷融合了儒學、農學、園藝、文學（他是法國巴黎大學文學博士），其自身就是一個第三期儒學的絕佳典範。本同原理，第三期需要更多人以儒學為基底，去融合儒學與科學、經濟學、民主、法治、建築、醫學等等，完成對中西方文化的融合。

可惜我竟然在西方傳入的法律界浸潤了三十年之後，到了五十五歲才知道鵝湖及程兆熊博士，才知道「鵝湖之會」的融合之意，才知道朱陸之外，還有呂祖謙也參加了，這是如程兆熊博士所言當代太少人知道「鵝湖之會」的緣故，而知者也多著重於「辯」而忽略了「會」（融合）。這有點像太強調法庭上的「辯論」，而忽略了「和解」止訟的成就。於是我在二〇一五年，在臺灣新竹縣橫山鄉成立了「臺灣鵝湖書院」，希望能以種種活動，讓海峽兩岸更多的人認識「鵝湖之會」的精神所在：溝通歧見、異中求同、求同存異、兼容並蓄（包）。

人類的災難很多來自於歧見不能溝通，輕則訴訟，重則戰爭（易前七卦：乾坤屯蒙需訟師，師者，戰爭也），當前俄羅斯、烏克蘭的戰爭就是，過去歐洲歷史上也因馬堡宗教會議沒有開好，而發生三十年宗教戰爭。世人當效法大思想家呂祖謙、朱熹、陸九淵在「鵝湖之會」好好溝通才是。這是我看了華夏出版有限公司最近新出版的程兆熊博士所著《高山行》封面題了程兆熊博士的五言詩，所得的「解此意」的體會。該詩云：

高高山上行，久久憶鵝湖
但願世間人，深深解此意

程兆熊博士在《憶鵝湖》一書中寫到，「以前是人人知道的鵝湖……所有的讀書人更是知道……只是自清末以來，就是所謂的知識份子也差不多是對鵝湖不識不知……」這是事實，但我和程兆熊博士、牟宗三先生一樣認識到鵝湖的重要性，我們各以不同的方式來介紹鵝湖的重要性。於是，我懷著喜悅的心情，能為程兆熊博士的大作《憶鵝湖》一書的再出版作序與推薦，也是我的實踐與榮幸，透過一點踐履、實踐及文化「道東」或「道南」之傳，也就不只是「憶」或是「懷想」了。

不是後人強，而是我們站在巨人程兆熊博士的肩上。

時公元二〇二二年三月二十日，距上次出版（第二次出版於公元一九七五年，已隔四十七年。其第一次出版時爲一九五四年，巧爲我出生之年。前後三次出版），前後已近七十年，相信一千年以後也是有其價值，足見《憶鵝湖》一書有長久價值，值得閱讀及收藏。在這世界多事、俄烏戰爭的此時，生靈塗炭，中美、兩岸關係令人心憂，人與人之間有著太多的歧見，……華夏出版有限公司再出版《憶鵝湖》具有深意。

臺灣大學法學博士 呂榮海律師 於臺灣鵝湖書院

序——寫在華夏重版程師《憶鵝湖》之前

從千年前的禪門鵝湖寺，到八百多年前理學與心學之辯的「鵝湖之會」，掀起波瀾壯闊的新儒學辯證融貫之路；發揚聖學、講學不斷的「鵝湖書院」，於焉興盛數百年，天地人交融的鵝湖境傳承不歇，華夏文明賴以延續發揚、熠熠生輝。直至聖學衰、西潮湧，鵝湖竟似銷聲匿跡，蹤影難覓；若存若亡之際，乍見一線生機，此即純樸的鵝湖風土人情猶未喪絕，而有一仁人志士、程氏宗傳，誌之、繼之、興之。此位懷抱「天下興亡，匹夫有責」之天民國士，大學園藝系一畢業，便創辦了「國際譯報」，在那三〇年代竟然達到萬餘份的發行量；後來留法歸國，隨即於國家危急存亡之秋投身抗日軍旅，繼而獻出他的《儒家思想與國際社會》之時代鴻音先聲；抗日尾聲，更寫了找尋太平線索、召喚「簡單化」的《一個人的完成》，從此毅然決然回到江西上饒鉛山之鵝湖辦學，融西潮之科學與傳統農藝、文哲美學，返歸山水田園與中土聖學。他，不是別人，就是當代新儒家的代表人物之一，往後來到臺灣、香港，寫了本書《憶鵝湖》的作者程兆熊先生（1907-2001），有人將他此書媲美於梭羅《湖濱散記》（《瓦爾登湖》），雖然鵝湖地屬山水勝蹟而難覓湖泊了。

《憶鵝湖》曾經幾次出版：首版爲臺中昌文書局，那已早在近七十年前的一九五四年了；第二次則程先生應其友彭震球先生之請，而於一九七五年由臺北大林出版社刊行，與其《高山行》合印，而另有單行本；第三次則在一九九〇年與其所撰其他五本關於臺灣山地之書合爲一套，總名爲《大地湖山——山地與鵝湖》，由臺北淑馨出版社出版。凡此三版，皆可見程先生之自序或後記，今之重版則程先生已離世二十年餘，我們無由再見夫子自道因緣了。筆者忝列門下，憶昔在程師春風化雨中渡過了哲學研究所碩、博士階段，至今其謙和溫厚、高致遠舉的人格形象猶歷歷在目，多年來也藉著相關的教學介紹程師之書，將此春風帶給學生們，甚至要他們撰寫讀後心得報告，而《憶鵝湖》與其《大地人物》便常成宋明理學或大學國文課程的座上賓，只是《憶鵝湖》早已絕版難購了。我在〈敬悼程師兆熊〉中曾如是寫道：

讀了《完人的生活與風姿》之「大地人物」部，就再也忘不了他這個人了。文中

他把宋明理學大家，鮮活跳盪地呈現出來，擺脫了學院的古板範式，帶領我們直接與誠篤簡純的眞生命相遭遇，交會出燦爛非常的光芒。在一一卓偉宏闊倜儻的人格感染下，喚醒了眞善美的自覺，提昇起精神氣度，生命理想、聖賢人格的嚮往不知不覺地住進心底。後來看了他的《憶鵝湖》，更讓我感動莫名、佩服萬分，心嚮往焉。一篇篇流暢似水流、芳香勝醇酒的精簡散文，環繞著象徵中國文化精神核心的鵝湖，來往古今，交錯爲一。雖僅吉光片羽，看似平平淡淡，卻含血帶淚地活畫出整個動亂大時代的具體面貌，自然流露出士君子志承斯文以救世救民的深情悲願，天命召喚般地興發、激勵著我們，還含蘊著一份令人當下即是、不假外求的灑脫情致，亦儒亦道亦釋。這等散文眞足以垂範後世。

這是約二十年前我的追憶之直下流露，如今跳躍重讀《憶鵝湖》，起初翻到較多客觀平實描述處，尚未如何動容，但接著翻看下去，我又陷入那歷史與時代、理想與文化、山川與農村、旦暮與永恆之天地人交融的鵝湖理境當中，不能自已了。且看其中〈大元坑的傍晚〉如下一段：

只是當月亮漸漸升起時……蟲聲和水聲相互夾雜著，大元坑裏的炊烟也不再升起，不再繚繞了。人在家中，是那樣的安靜，孩子們更是安息了，燈光一盞一盞的，犬吠一聲一聲的，一切是零零落落，一切是冷冷清清，山頭看到樹影，但再也分辨不出是什麼樹種，水邊看見花影，但再也分辨不出是什麼花枝，一切是遠了，但宇宙卻分明顯得離我更近，時代是更加生疏了，但歷史卻分明現出對我十分熟識。夜來了，諸事反而分明，諸事反而清晰，在凡百不分辨中，反而更有了分辨，原是冷冷清清，但更自自在在，本來零零落落，卻更穆穆綿綿。於是萬分沉重的，也異樣輕鬆了。白晝黃昏都一起「夜氣」化了，人間宇宙，都一齊簡單化了。僵死了的，都成了活生生的，不好的也成了好的，恨也成了愛，苦也成了樂，煩惱也成了菩提，腐臭也成了神妙，所有反面，都成了正面，既是這樣，亞德拉士可以把天體星座負載起來，又有誰還不能夠把世界放在雙肩上？

看呀，這是怎樣透白絕妙的文字？聽哪，這是怎樣深沉奧秘的意境？這到底是來自怎樣的性情與智慧所體驗的鵝湖境界呢？就像這樣，書中不一而足，這怎不教我再度沉湎其中？而最近適也浸淫在重版的程師臺灣山地四書中，又更能體會程師曾將《憶鵝湖》與

其所寫的其他山地書合為一套的心意。

程師之追憶、懷想鵝湖是多層次的，約略言之：一者，鵝湖鄉土之情也，然此又不只是其個人思故鄉之情，而是通到以農藝立國的中國普遍農村生活與態度；二者，鵝湖山水之靈也，又非只是言一時一地之山水，而是連到中國自然山水之理想畫境；三者，鵝湖歷史之文、人物之華也，由鵝湖寺（峰頂寺、仁壽寺）、大義橋到鵝湖書院，自大義禪師、圭峰宗密等，轉到「鵝湖之會」的朱呂二陸以及往後的諸多理學家如婁一齋、羅近溪，欲齊力復興鵝湖書院的當代新儒家如唐君毅先生、牟宗三先生，鵝湖同仁「神聖的教師」如亡友彭友賢先生，還有南宋愛國詩人的辛稼軒、陸放翁等等，這自然不只是一時代之風潮，而是永恆的文化理想、完人境界之探求與懷想。這三者互相交織相融，而指向天地人間通而一氣、大化流行、純樸自然的「簡單化」境界；其實踐途徑，則核心在溫柔敦厚的儒家性情之教，這是朱陸所代表的「神聖的教師」之路，也就是程師畢生念茲在茲的鵝湖書院精神。

其實，觀大林版彭震球先生之鴻序，眞可謂程師知音，難以贊一詞了；而昌文版程師之前言與代序以及大林版程師之後記、淑馨版之自序具在，更無容吾人贅序。只是，有感於華夏出版公司重版程師之書之深情大願，爰贅語如上，謹祈程師此著作能久久傳揚於世，則中華之幸、人類之幸矣。

蘇子敬 2022.5.4 於嘉大鵝湖

序

《憶鵝湖》一書將再版問世，兆熊兄來電要我寫序；我實在不能推辭，因我是沒有理由可以推辭的。

二十年前，當我初讀《憶鵝湖》時，就被作者那一片至性深情所感染，被那一股醇厚的鄉土氣息所籠罩，我隨著他流走的筆端，進入鵝湖的境界，漫遊那湖光山色，會晤了前賢往哲；更由此書中，觸及人性教育中一些深邃最根本的問題，使我心儀神契，歷久難忘。此後每與師友座談或在講堂授課時，津津樂道此書，希望大家能一起欣賞。然此書絕版已久，市面上不易見到。去年夏天，兆熊兄由香港新亞書院返臺，我向他建議重刊此書，他即欣然答應，我便推介紹給大林出版社再版。

當兆熊兄隱居鵝湖創辦農學院的時候，正是他英年俊發、舒展懷抱的時候，他把教育生命落根於自己的鄉土，把農業教育精神結合於國家文化的慧命，故於此書中無處不充溢著山水——人物——性情的自然流露，最足以顯示一個農業教育家的襟懷與遠識。

我們深知中國民族文化深植於農業社會，孕育於鄉土，因此中國人民對於鄉土與心靈的開發，是相當並重的。言鄉土必連結著心靈的提升，言心靈必連結著鄉土的開發。中國歷代施行農政，行「井田」必須行「王道」，要「力田」還須要「孝弟」，言「耕」必連結於「讀」，言「農」必連結於「教」，這都表明鄉土的開發與心靈的開發是不可分隔的。因此，幾千年來我國人的傳統生活，以安居鄉土，株守田園，過寧靜純樸的生活而感到滿足。「樂天知命，故不憂；安土敦乎仁，故能愛。」《禮記》亦說：「不能安土，不能樂天；不能樂天，不能成其身。」故安土樂天，實是一大學問。

可是目前時代卻正是騰空的時代，人們都在竭其心力，離開了鄉土，離開了大地，離開了母親，這樣做法，內心感到安樂麼了？作者於書中曾引述希臘的神話說：大地之子名叫耳古力，他和眾神角鬪，當其力量不繼時，可以倒在地上，使自己獲得了新力量，再繼續和眾神角鬪，竟得到了勝利。可是後來他被引誘到半空時，便無法獲得新力量，終於被他神結束了性命。這節神話，難道不是給現代的人們一種新的啓示麼？（請參閱本書前頭的「一封信——有關時代」）今日人們正以爲騰空是一種絕大的本領，拔了根，掛了空，人人都在遊離中，只是這本領畢竟無補於性命之延續和力量的新生，徒

然暴露了自己無可救藥的迷惘和無可挽救的空虛；徒然見到更多的人性之失墜與麻木，眞實時代的悲哀呀！

在表層的世界裏，這個時代僅是一陣風；在永恆的無限裏，這個時代又是一陣風。什麼風都會吹過來，又會吹過去的；惟有深層的心，永恆的心，鄉土的情，鄉土的愛，是吹不來，吹不散的。我們須知個體的生命，正如一粒生機蓬勃的種子落在泥土裏，它必須吸取滋養，浴沐陽光，長成濃密的枝葉，開出純潔豐富的花果。這完全是個體生命的實踐歷程。我所喜愛《憶鵝湖》這一書，或者，就是出於這一種心情。

中華民國六十四年一月廿五日

彭震球　寫於臺北寓所

前言

〈憶鵝湖〉一文，係一年前應香港人生雜誌社王社長貫之兄之邀約而寫，並分期發表全文三分之二於其雜誌中。王社長本讀者之要求，原欲於香港印成小冊，惟限於經費，未克如願。今由臺中昌文書局之助，遂獲出版。數月前，王社長為錢院長賓四先生周甲紀念，復向我徵稿，因又寫成〈香火之聚〉一文，發表於人生雜誌，此文幾可為〈憶鵝湖〉之續，故附刊於內。〈一封書——有關時代〉，乃本人於鵝湖信江農專初成立時，親赴重慶向教育部辦理立案手續時所寫，曾在「理想與文化」雜誌發表，實啓〈憶鵝湖」之端，故以之代序。至其他附錄，亦皆與憶鵝湖有關。

夫朱陸鵝湖會，已近千年，而個人前後鵝湖之憶，亦近十載，往事如夢，滄海橫流，所幸鵝湖友之健在於海外者：除〈憶鵝湖〉文中所提及之錢院長賓四先生暨唐教務長君毅，牟教授宗三諸兄外，猶有易教務主任希陶，黃教授朕諸兄暨蔣君雲蒼，王君則男，楊君貞寧，徐君昕影，吳君憲勳，李君永盛，鄭君瑞應，余君鳳麟，張君琪珊，姜君文治，施君乾炎，裘君曙舟，鄭君咸和，程君芳樑，李君根根諸友。念罷今人念古人，更相憶前賢與後賢，彼蒼者天，誠祐我師友！由祐我師友而祐我家國，則鵝湖之憶，當無窮矣。

中華民國四十三年秋

程兆熊自記於臺灣臺中農學院

代序

——一封書——有關時代

——語憐古寺空齋客，獨寫家書猶未眠（文天祥句）——

徽：前天我給你寫了一封信，昨天又寫了一封信給你，今天我還覺得有很多話，有再詳細寫一封信給你的必要。剛纔我從一個並不十分高明的音樂會裡，獨自在一條很熱鬧的馬路上，慢慢走回我這一清淨的寓所，我想到很多事。天上有月亮，可是萬家燈火，竟好像拒絕著這個月亮，這使我更是觸景生情。告訴你：這幾天我的情緒，已是不很安寧，晚上因爲朋友拿去了我一床棉被，又讓我受了一點風寒，頸骨有點痛，這使我更加生活在回憶裏，讓回憶消磨了我的時光。

父親馬上就要過七十歲了，我應當回去拜壽，可是，我又無法走動，路太遠了，時間太促了，要趕回去也趕不上了。想起父親的事，又連祖父的事也想起了。祖父是代表一個時代，父親又代表一個時代，我和你是另一個時代，可憐時代竟是這樣不調和。我祖父因爲和我父親革命的見解不同，竟把他逐出家門。母親說我那時只兩歲，除夕父親偷偷地回家，被祖父看見了，用一塊大石頭擲去，天正下著雪，石頭落在石頭上，竟從雪裡碰出火來，父親只好又跑，隨後母親也帶我外出了。直到祖父七十三歲逝世的第二天，我們才回了家。

鄉裏人說，祖父是土地菩薩，足見祖父是個好人，可是時代不同了，父親卻只能往外跑，母親和我們的姊妹，也只好住在外婆家。光復的一年，我父親的好朋友做了本省的都督，要父親做官，父親堅決的拒絕了，一直苦守到今天。近兩年他又和母親不和，獨自在四處遊歷，但心卻很安定，他所感覺的，我感覺不到，但又像感覺到了。我應當回家去拜壽，可是我卻滯留在此呀！

說到母親，自從外婆死後就吃長素，到今天素食已是三十年了。外婆的素食，是因爲舅父客死在南洋。母親則是爲了對外婆的一片孝心，天天唸佛，這是我母親的生涯，父親不高興這樣，這是兩人晚年失和的主因。想到這裡我只有流淚。母親的心萬分慈悲，可是爲了佛法，卻很剛強。世界自母親看來，那是一種禮物，自己拋棄，只給兒孫。住在一個鄉村裏，遭了三次浩劫，房子燒了一次又燒了一次，眼看大家還是住茅

屋，村裡的人是死了十之七、八分，一切淒涼。母親的心到而今是單純極了。你也可以感覺到嗎！

你這次和母親住在經訓堂，差不多有一個月，我知道母親是十分快樂。爲了家事，又爲了佛事，在她艱苦的生涯中，對著兒孫總是歡喜，她還要計劃著兒孫的事。聽說前年他病了一次，我們都不在身邊，她叫著她大孫子的名字，人家告訴她，沒有在家，她說：「你們應該說他在家，這樣我叫叫他的名字，我的病就會好的。」唸佛，和叫孩子的名，這是她治病的方法，這使她的病終於好了。母親的心是單純的。我眞想回到母親那裡去。在我十幾歲的時候，我有兩次離開了家，不，那是逃出了家，可是終於回家了。第一次是爲了父親，有一件事我不能依從他，他就責難我，他憤怒，我於是偷偷地走了，走到一個離家有七十里的小縣城，住在一位熟人家裡，一夜思索著，一夜不安。我想我是一個聖經故事裏的浪子，第二天我決定要回去，因爲浪子，終於是要回去的。可是回去的腳步，卻異常沉重，黃昏時候，我迷失了路。

我走進了一座大山裏，天又下著微雨，路是山路，越走越不像路，遠遠聽到犬吠聲，我便走向那裡去，那是一個破廟，住了一家守山的人。越走近，犬越吠著，主人出來了，大吃一驚，說道：「這山有老虎呀！」我這時像是沒有聽到！我說我還要趕路。

承主人一番盛意，一定要把我留住一晚。我在那廟門口對著那崇山峻嶺回看了一下，又看了一下那山谷裏的一條小溪。竟好像看山不是山，看水不是水。一會兒我便在那破廟裏睡下了，老虎不在心裏，飯也一天忘了吃。第二天一早我承主人的指點，下了山，回頭又看那山和水。那時的心境很是模糊，幾年後我看到一個入山修道的故事，說是初看山是山，水是水，再看山不是山，水不是水，終看山還是山，水還是水，我眞覺得好笑。我那時竟也好笑，我那時竟好像看見了眞山水。

我回到了家，我沒有說一句話，我的父親也沒有說一句話，在彼此默默無言當中，分明又是一個時代的距離。只是經了那大山嶺，加以溪水的聲音和老虎的傳說，又使我感到時代是一陣風，吹來了，又會吹回去的。現在父親是七十歲了。試一設想：這七十年中的風雲變化，會有多少？可是吹去了的也終於吹去了。只是老父七十生辰，我不能趕回去，稍一領略他老人家的心，在這七十年的漫長歲月裏之回憶的心，我眞是難過。他的步履很健，他的白髮飄然，他的心很定。他喜歡告誡人家，就因爲這種歡喜告誡的脾氣，孩子們見了他往往就跑，正如我在幼小時見了我的祖父一樣。父親跑了很多的地方，各省都跑了，可是他總說：還是家鄉好。家鄉的遭劫，農村的破壞，只有這事，他最是傷心，破敗的家鄉使他最傷心，然而他總喜歡家鄉，老了，他更歡喜家鄉。老人的

心是安詳的，這使我眞想回家去；母親當然會更望我回家去！

在十幾歲的時候，我還有一次因爲和縣裏的一位大劣紳鬪爭，憤憤的離開了家沒有和父母親說。一年以後直到北伐勝利了，我才寫了一封信，稟告我在南國的情形。再過一年，我重回到了我的家，那已是夜半了。一輪明月，寂寂在天空，一切的聲音都沒有，只是我的敲門聲卻很大。母親等了好一會才起來開門，驚遑失措，臉上蒼白。只說道：「孩兒回來了很好。」那是夏夜，可是母親卻似乎發冷，母親說：「我分明聽到敲門聲，又聽到你的聲音，只是亂離之世，我不敢相信。」以後母親還告訴我，自我離家以後，心上像是有一塊石頭，接了我的信，石頭輕了。現在見了我，石頭去了。母親的心中，不能有一塊石頭，你應該是很明瞭的，所有有孩子的人們都應該是很明瞭的！那一夜我看見了我的母親蒼白的臉，又見了她那發冷的神情，我初看是母親，再看又像不是母親，終看還是母親，生我的母親，慈祥的母親啊！

我家房子那時還沒有被燒掉，我家房子還相當華麗。門前有一條水，水上有座橋，橋旁有一小山堆，坐在那裏用一條很長的釣竿，可以釣那溪水裏的小花魚。還有大樟樹，可以在下面乘涼，太陽和月亮總是從樹這一邊走到樹那一邊，於是樹的影子便橫過溪水，拖長到我家門，這些都在我的回憶裏。可是當你到我家時，都已不見了，房子不見了，橋不見了，溪水的流道也改變了，小山堆和大樟樹都沒有了。還有村後的松林，在那時是松風嬝嬝，可是現在連一株松樹也沒有了。農村凋弊的情形，只要看樹木的有無就可推悉，目前只有溪水的聲音和松風嬝嬝之聲，深深在母親的心裏吹來了，卻不一定會吹去。然而時代是會被吹去的！

你！你眞贄而纏綿，你穎悟而大方，你曾在我那家鄉住了差不多一年，帶著孩子，陪伴著兩位老者，我在昆明，遠隔萬里，我在天邊是異鄉人，你在我家也是異鄉人，言語不通，習俗各異，可是你卻住得很好，門前溪水是孩子們喜歡的地方，又是你所擾憂的地方，這是因爲孩子太愛戲水而不愛聽話的緣故。村裏的人都說你好，都說你沒有什麼話說，凡事笑笑而已。就這樣你過了好些日子，一直到浙贛鐵路被敵人佔領，敵人的部隊跑到鄉村，驅逐你們到深山裡，搭蓋茅蓬躲避著。鄉裡的人，後來向我說：你帶著孩子，看著敵人逼近，幾乎要跳下水塘裡，結束自己的生命，只是敵人忽又折回，在深山裏，你住了一個月。聽說：郵差還找到你的地方，把我的信送給你，不久敵人走了，家鄉又遭了一次浩劫。我家屋子又一次被燒之後，父親到城裏去遊歷，母親到七寶寺拜佛，你和孩子們睡在沒有燒完的屋子一角，床是沒有了，只有稻草墊在地上，時代是暴風雨，打落在你和孩子們的身上，竟沒有遮蓋。

我遠在天邊，那時正如今日，想回家又不能回家。在夜裡，只好又去看看月亮，一切靜靜的。心想：時代縱然是暴風雨，吹來了，也是會吹去的！現在你來信要我回去，我怎不想回去呢？難道我還願意就從此海角天涯，讓風吹去嗎？我現在就要到不惑之年了，我是屬羊的，我記得在小學時代人家都說我是趙子龍，為的是我會打架。又記得在中學時代，人家都說我是猴子，為的是我太調皮，他們說：我就是剝了皮也會上樹。可是以後，人家卻說我是夫子了，適纔就有一位留法同學來勸我多多動一下，好生點陽火。人的變化眞是難知，就連自己也不可知道。你想：我怎麼會知道自己竟會從趙子龍的龍，到孫猴子的猴，終於又屬了不生陽火的羊呢？

在傍晚時候，在牛羊歸去的時候，自己要是還獨立在高高的山嶺上，四顧蒼茫，絕無依傍，怎麼會不想到回去呢？更何況父親是七十歲了，母親日夜唸著佛，你又寫信要我回去呢？時代的眞實意義，難道祇是教人離散嗎？當然，我要想些正經事，想點未來，想點事業，想點實實在在的東西，我不能老是想著一種柔情，想著一種過往，想著未必可以捉摸的東西，我要想一想散文，不能老是想著一種詩，縱然是詩，也應該是一種史詩呀。法國的女傑貞德在牧羊時候，正當祖國垂危，只一祈禱，她便得了啓示，她終於逐出了敵人，完成了一篇史詩。此外歷史上還盡有一些鄰居的人們，當義大利的加富爾鄉居時，當英國的格蘭斯頓鄉居時，當德國的俾斯麥鄉居時，當美國的哲斐遜鄉居時，所有這些人的心，我當然也需要想一想，我們在巴黎過的一些日子，你還記得清楚嗎？記得有一位外交家旅住巴黎時有一段日記，大意是說：太陽一早就吻著巴黎城，從東邊到西邊，若干年後，大家都沒有了，太陽還是吻著巴黎城。

人眞是一個可憐蟲，老是在泥沙裏爬進爬出，因此，不論大小，人總要做點爲人有益的事情呀。就此而言，要是拿破崙和我對調一下，我還不願哩。最初我們在巴黎時，也一樣是住在一座高樓上，在那裏也分明看見太陽吻著整個的巴黎城，你我那時的心情，都只是想學一點東西，我知道爲人類學習一點東西，也是於人類有益的。之後，我們鄉居了，我們在巴黎鄉下居住了，我那時曾給友人寫信說：巴黎郊外好修行，我們在那裏確修行了一些日子。在國璽村，在皇后村，在凡爾賽皇宮之側一個小院子裏，我們都住了一些日子。最初你是嬌生慣養的。隨後也熟悉了家務，而我則埋頭學習我的園藝，又遙遙想著我的祖國，和我的家園。我覺得有國有家在天之下，這就不能不使我心念古人，果何爲者了。

我在那以路易十四和拿破崙的花園改成的園藝場裏實習園藝，我像是得了一種啓示，我感覺到土是可愛的，我有時因爲太疲勞了，就和其他的同學一樣，倒臥在土堆

上，於是我恢復了我的精力，我眞好像希臘神話裏所說的大地之子名叫開耳古力。只是我不會像開耳古力一樣，離開了大地，跑到半空，因爲我知道上不著天，下不著地，是危險的。可是目前時代，卻正是騰空的時代，人們都在竭其心力，以與時間和空間爭鬪著！人們的希望現在正寄託在對時間和空間的征服上，至於時間和空間是否征服得了，那是不管的。總之人們以此爲樂。不過這果眞可以爲樂麼？離開了土，離開了地，離開了大地，離開了母親，這可以爲樂麼？開耳古力的命運怎樣呢？這難道不是一種啓示嗎？開耳古力的母親是大地，他和眾神爭鬪，當其力量不繼時，他可以倒在地上，這便使他有了新力量，就這樣繼續和眾神爭鬪，結果終是勝利了。

可是當他被引誘到半空時，他便無法有新力量產生，終於被他神結束了性命，這難道不是給現代的人們以一種新的啓示麼？人們目前正以爲騰空是一種絕大的本領，只是這本領畢竟無補於性命之延續，和力量之新生。征服時間和空間的企圖，也徒然在曝露了他們無可救藥的迷惘，和無可挽救的虛空呀！這和清明在躬眞實不虛的哲人之心，卻好是背道而馳，在清明與迷惘之間，在眞實與虛空之間，究竟是那一種對人生有用？對生命有補？這只好訴之於現代的清醒之士和寧靜之人。

時代是什麼呢？在永恆裏，它是一陣風；在無限裏，它又是一陣風。假如現時代眞的以征服時間，唾棄永恆，征服空間，擯斥無限，作爲是它唯一的本領和欲念，那麼這一陣風，必然會是一陣迷離古怪的風，自我思來，什麼風都是會吹來了又吹去的。永恆的心，永恆的愛，永恆的眞理，永恆的喜悅，所有這些，是吹不來又吹不去的，因爲那不是風。無限的美，無限的力，無限的胸次，無限的光明，所有這些，也都是吹不來，又吹不去的，因爲風不是那樣的。還有永恆的英靈，永恆的音韻，永恆的色彩，永恆的寧靜，永恆的工作，永恆的哲人的思維，和永恆的虔敬之忱，與不朽之念……。還有無限的熱愛，無限得情懷，無限的知慧，無限的創造，無限的願望，無限的勤勞，無限的人格的擴張和投射，以及無限的語言，和不盡之意。

巴黎的塞納河，那裏有清清的水，緩緩的流。河上有那橫著一座座的橋，橋上的行人和車子，也如流水，只是流的更急。在好多橋中間，有一座橋要比較寧靜得多。橋之一端，有一座中古時代的建築，並不雄偉，可是巍峨，並不華麗，可是名貴，並不崇高，可是尊嚴，同時又古樸而不粗陋，黯淡而不單調，冷落而不淒清。裏面是聖母馬麗亞的雕像，清涼無汗，皎潔有光，默默無聲，暗暗有影，白燭一條一條地懸在殿堂，太陽緩緩地從靠著塞納河邊的一排嵌有顏色玻璃的窗子上，移入殿內，間或又帶來了一二鴿影，引著參拜聖母的人們，冷冷清清地向那窗外望去，一直到天空。在那天空下，雖

然是一座六百多萬烘烘熱熱的人們所聚居著的巴黎城，可是聖母院卻是一點靈氣一顆心和一個眞實的所在，而且在聖母院和塞納河之間，還有一個空隙，更有個小花園，有花有草，有小的樹木，還有白的鴿子。遊人拿些小的食物喂著白鴿，白鴿就偎依著遊人，飛到遊人的掌中，還棲在遊人的一個指頭上，雨翼有時輕微的張開著，那永恆而不朽的潔白的毛羽啊！這個，你是看見的，這也是風吹不去的。

世界上最美麗的皇宮是在凡爾賽，凡爾賽皇宮的前面，是一位大園藝師憑其精心偉力所建置的花園，歷史曾寫著：當那位大園藝師造好了這花園以後，便在那花園裏一座大理石雕像前面的一個座位上，坐下休息一會兒，和他並排坐的是拿破崙，他們閒談著。那時拿破崙也正在這裏進行完成一種工程，這工程就是對整個歐羅巴的軍事征服，一面閒談，一面遠望，兩顆心不必相同，兩個人的感覺，也不必一樣，同時彼此的言語，也不必都能夠彼此相互了解，可是遠遠望著，卻是相同的。遠望著天空，遠望著天空的雲影，遠望著天空的雲影映入皇宮前的一座漫長的水池。在漫長的水池兩旁，有兩座黝黑的森林。在兩座黝黑的森林中間，還有那池中的小舟的帆影。人在舟中，自皇宮的一邊，直駛到那池水的盡頭，這盡頭竟恍惚是天邊或太陽邊。大理石的雕像很多，那都是古希臘神話的人物，不，那是神，阿波羅神，維納斯神，周必德神，嘉納神，宙斯神，蒲西當神，什麼神都有，同時人面獸身之神，和各種神，各樣裸體女神也有。無限的柔和的線條，陳列在那裡，絲絲入扣，嫋嫋生風。

自皇宮看去，靠左邊的森林裏，有一個在月光之下召集廷臣開著會的處所，那結構是怪好的，地方是幽靜得可以聽到一片一片的樹葉上的露水滴在地面上的聲音。是一片圓，像是月亮，周圍立起石柱，石柱上有籐，可是並沒有棚架，因爲怕遮蔽了月亮。靠右邊的森林裏又有一個空隙，那空隙裏有草地，有小池塘，有噴泉，有澗水，還有東方式的假山和石洞。洞裏還可以透露一片光明，對著那光明，遊人們會坐臥在洞前池旁的草地上，靜靜地默默地凝視著。同時洞旁又是一座大理石的雕像，那是一位斜臥著的裸女，那身上的無限柔和的線條，還夾雜著一些水點，像是一串發亮的珍珠；又有時會從草地的一角，飄來一片木葉，貼在胸膛。秋來了，木葉自然會愈來愈多，而且整個宮前兩座漫長而黝黑的森林裏，會有許多木葉，飄飄的飄飄的，木葉碰著木葉，發出聲音。這凡爾賽宮前一天森林中木葉碰著木葉所發出的無限的輕微之聲響啊！這個，你是聽到的，這也是風吹不去的。

八年來的中日之戰和又一次的世界之爭，把時代是打得更加流走了。——風一樣的流，野馬一樣的走，漠然淡然的對著永恆，茫然的對著無限，這會是怎樣的一種下場呢？祝福你啊！你！我自己的人啊！你——從暴風雨過來的並曾被暴風雨打濕了潔白的毛羽的人啊！現在我像是隱隱約約的又聽見了另一種凡爾賽宮前一片森林中木葉碰著木葉所發出的無限的輕微之聲，那會就是你的聲音吧！你——我自己的人啊！現在八年來的中日之戰是結束了，現在又一次全人類的大爭鬪是結束了，讓飛機大砲的威力，讓坦克火箭炮的威力，讓軍艦潛艇飛彈和原子彈的威力，去結束了一個戰爭。威力誠然是巨大的，可是給人的感覺也夠空虛了。可憐大戰結束，替代的又是一種由蘇俄引起的國與國之間，人類與人類之間的你詐我虞之局。

以前的禪師曾有句禪語：說是「大事已了，如喪考妣」。傷哉人類！傷哉人類的心腸！命運啊！你不可見而可聞，不可言而可觸著的「是聲音不是聲音，是形像不是形像」的古怪的傢伙啊！時代是一陣風，吹來了又會吹去的，然則你！你爲什麼不也就是一陣風呢？你，命運啊！你古怪的傢伙啊！我從你那裡走到此地，我從你身旁經過無數的山、無數的水和無數的城池，又乘著飛機飛過了大片雲海，到了此地。我看到無數熱烘烘的人和熱烘烘的街，又看到無數冷清清的家，和冷清清的院落。處處是瘧疾，處處是瘧疾後的疲勞，處處是瘧疾後的貧血。怪哉怪哉，竟老是一冷一熱的。我曾經叩了無數的門，主人出來了，對著我都像是很驚愕，可是都很和氣，但當我稍一開口，想問一問主人時，他們竟異口同聲地說道：「這裏沒有永恆，這裏沒有無限。」

這就使我怎麼樣也要想起你了。我眞想由此地回去！更何況父親已是七十歲了，更何況不久就是老父七十生辰！還有母親正居住在農村裏，何況還在農村裏唸了三十年的佛，和有三十年的素食？還有孩子……這赤子之心啊！我！可愛的妻的丈夫，可敬的父親的孩兒，和可笑的孩子的爸爸，無限的恩愛，無限的糾纏，我到而今是已近不惑之年了。永恆的心關連著不朽之業，在天邊，在水上，在微微動著的白紙和墨迹中，又在工廠裏，在農村裏，在學校裏，在醫院裏，和一間勤勤懇懇坦懷相見的客室裏，我想著，我想著。

我的弟弟現在已由此飛去南京了，我已再三要他回家去，我要他邀你一同去拜老人家的壽，他在此每天都要到我這裏來，我們的兄弟之誼，手足之愛，是毫無間隔的。他年紀還很輕，只二十幾歲。我時時擔心著他，我覺得時代是無情的，我深怕時代呑沒著青年，尤其是像他那樣的年青，而又常常苦惱，有時還簡直悶得發呆。可是說也奇怪，他竟又時時擔心著我啦。他要我注意營養，要我每天吃幾個雞蛋，他又要我講究一點娛樂，他有時還想要我去和他跳舞，他似乎在嘲笑我們曾久居巴黎而不會跳舞。他說跳舞是文明的事，跳舞是很好的娛樂，跳舞可使人有生氣，可以增加一個人的活力，那是青

年所不可少的，也是中年人甚至老年人恢復青春的一種途徑。對著這些勸告，我只得默默無語，同時又繼以微笑，我曾經爲他和一個很好的軍隊裏的知交，寫了一本書，叫做《一個人的完成》，我要他看一遍，他過了好些日子，竟沒有看，他似乎看不進去，這事我當然也不勉強。

他也有他的哲學。他有一種人生觀念和對時代跳舞看法，這和我不相同。他認爲他看得很對，他喜歡美國人的態度，美國人的生活，他和美軍交遊頗廣，他結交了不少的美國軍人，有時還帶他們到我這裏坐一坐。可是我有我的念頭，我不能和他一樣，他所想的事，我曾想過了。他所經歷的事，我雖然不完全經歷，但可以理解得到，體認得出來。我在內心裏是希望他走我所走的路，只是我畢竟也似迷惘了。我有時只好嘆息。我感覺到我自己的不行，我想：要是他眞的聽我的話，全般像我，那是並沒有什麼好處的？唉！世界與我，我與世界，這其間到底存在了一些什麼好處呢？

東漢末年有一位潔白而眞贄的學人被宦官所陷，關在牢裏，危在旦夕，他的兒子去看他時，他說道：「勸汝爲惡，則惡不可爲，勸汝爲善，則我不爲惡。」他終於不能說出什麼話。現在我雖然不是陷落在監牢裏，可是在青年人的目光中，我卻似乎是身居在寺廟裏，生活清清冷冷的，仰事俯畜竟使我喘不過氣來。而「同學少年皆不賤」，親戚更是如此。雖然他們對我都極仁和，怎奈我是過於耿介。在這種情形下，我還能有什麼話對弟弟說呢？假如他又像我或眞心學我一樣，這豈不是又成了一個不了之局麼？就是你，你不也常常在責難我，在埋怨我麼？你這幾年來的鄉居，不是很苦惱了麼？那都是由於我呀。我誠然慚愧，我是慚愧得不能對弟弟有什麼話說了。只是我怎樣也總有一個念頭，深深的藏在我的心裏，我怎麼樣也總覺得時代是一陣風，吹來了又會吹去的。你——我自己的人啊！我對你是如此囉嗦，可是這可能怪我麼？

時代的重壓，對我是太甚了。時代即使眞的不是一陣風，我也希望他眞的是一陣風呀，我有一種深憂，這深憂現已是不可名狀。從前左文襄書房裏有一聯語，說是家無半畝，心憂天下，而我則已是心憂永恆，心憂無限了。時代像是大顛倒，大浪漫了。時代絞殺了永恆，絞殺了無限，這使我傷心，有如失去一個心愛的孩子。德詩人哥德，當他的愛子夭折時曾說道：「越過死線去，前進啊。」對著時代，我現在要用同樣的心境，和同樣的語調，仿照他的話說一聲：「越過時代去，前進啊！」當然時代的兒女，聽著不會高興，他們或許會回答我說道：「時代縱然是一陣風，可是風裏還有雷聲呀。」果眞如此，那我預備的回答，將會是：有雷聲而無雨點，畢竟是無用的，更何況這雷聲，在骨子裏還是一種蚊雷之聲呢？我們的大孩子在比現在更小更小的時候，曾經問過人家

瓦鴨子是什麼做的？之後，蚊子咬了他，又問道：蚊子是什麼做的？目前不管時代的聲勢，表面上是如何浩大，我也要用同樣的口吻，去問一問這包藏蚊雷之聲的時代是什麼做的了？時代長是一二三地發展下去，可是這僅僅爲一種數字的發展呀。數字計算著實物，一個一個地，沒有基點，終有盡時。永恆和無限是斷然談不上了。

健姨子新近由長沙來，她還只是一個小女孩子，她竟也和我敘述著他去年在敵人炮火裏的一些驚人故事，她說她曾率領了一千多人和敵人在衡陽之南正式作戰，頭一條陣線崩潰時，有一位士兵滿臉都是血，跑去向他報告著軍情，隨後敵人逐一前進，炮彈打落在她的近旁，滿屋都是震動起來的塵土，淹滅了燈光。諸如此類，她的經歷，說起來會一大篇，她家庭又遭了慘變，在還未逃出敵人的血腥的掌握之中，她還孤苦的埋葬了她的親人。時代的暴風雨，一陣一陣打來，也顧不了她僅僅是一位時代的小女兒。時代是有了魔鬼啦。時代的魔鬼竟逼迫得小女兒家，也要起而作一決死之戰。這誠然要令人切齒痛恨著魔鬼。可是魔鬼也畢竟是時代的產物呀。

時代長是一二三地發展下去，時代愈來愈是繁複了。魔生於繁，我們要化繁爲簡！簡是「一」，「一」是基點，又是整數，因此「一」是永恆，又是無限，「一」穿過時代，讓一個時代在全人類的史冊裏，僅僅佔著一頁，或是無數的頁中佔著一行，甚至一字。對著「一」，時代是大輕微了。那不是一陣風，又是什麼呢？「一」只許等於「一」，可是目前時代，竟讓一也許不等於一，一切失了標的，失了眞誠。時代是一個空虛，常言道「空穴來風」，請看這時代要不是一陣風，又會是什麼呢？

我還記得，在你我未結婚之前若干年，我曾經在廬山大林寺和一位後來眞的做了和尚的朋友同住著，那已將近深秋了，在夜深的時候，月亮卻好跌落在山頭，露出半個臉龐，風初初是飄飄然，隨後沙沙然，淒然，戚戚然，終於是呼呼然。寺旁有個游泳池，池水當然也潺潺有聲，稍遠有一大橋，又有一深谷，谷中有溪，溪流石上，隆隆然無有底止，加以那谷底的風，這便像是呼號了，像是怒吼了。現代人說時代在怒吼，時代在呼號，其實怒吼和呼號，也還只是一陣風呀！對著「一」，那便無所用其怒吼，無所用其呼號了。時代是從一到二到三，可是永恆和無限，對時代的鞭策，是從三到二到一，這是什麼？這是簡單化！

在我窗子外，我看到一輪明月，又看到萬家燈火，可是在簡單化裏，這已是彼此不相妨礙了。而且還有一種喜悅、還有一種聲音，這更勞人玄想了。一雁橫空而過，我想起巴黎塞納河畔聖母院旁的小花園的白鴿，帶著永恆的潔白的毛羽。說到聲音，我又憶及那凡爾賽宮前一片森林裏木葉碰著木葉的無限的輕微之聲響。在簡單化裏，時代確是

一陣風，吹來了又會吹去的。

只是馬上就到了老父七十生辰，同時我又需要去農村看看老母，至於你，我當然想著，我怎麼也不能忘去。還有孩子，還有家園，還有我所辦的農校的志同道合的師生們，爲了這一切一切，我迎風夜立悲從中來！

最後我又想著：我還是只好簡單化，一切是你的，祝你和孩子們安好，夜深了，祝你夜安，更一並祝你晨安。

兆熊三五、二、十二

CONTENTS

CONTENTS

CONTENTS

1. 以前是人人知道的鵝湖

鵝湖在以前，差不多連小孩都知道，因爲以前的小孩只要讀了書，大都會唸著《千家詩》，在那裏就載著：「鵝湖山下稻粱肥，豚柵雞棲對掩扉，桑柘影斜春社散，家家扶得醉人歸。」（唐張演詩，一作張濱詩）

鵝湖在以前，所有的讀書人更是知道，因爲自從朱陸鵝湖之會以後，鵝湖書院已成了天下四大書院之一，而在中國學術史上，更確切地形成了朱陸兩大學派，影響了約一千年。

鵝湖在以前，就是方外之士以至遊山玩水之人，也很知道，因爲自從唐朝大義禪師到了那裏以後，由彼而來的鵝湖峯頂寺，更成了天下八大叢林之一，北與少林寺遙遙相對，南與福州鼓山廣東羅浮，時時並稱，在中國佛教史上，要談禪宗，便要想到那個地方。

只是自清末以來，就是所謂知識份子，也差不多是對那鵝湖不識不知，因爲在地理上，江西已是一個並不如何重要的省，鉛山在江西又不是怎樣重要的縣，而鵝湖則更不過是距這山城約莫十五華里的一個山鄉，擺脫了歷史文化的情感，會有誰更認識著這只是地理上的一個山鄉？

說到目前，竟連這地理上的一個美妙的山鄉，也是所謂「俯仰之間，已爲陳跡」了。由於歷史文化的感情，逐漸冷淡，終於到達了就是「地理上的存在」亦不可能。鵝湖現已不復是鵝湖，鵝湖的面目全非，鵝湖現只能是一個「想像」，而對我，則永遠是一個「回憶」，更確切地說，是「一個懷想」。我懷想著鵝湖，我更懷想著「鵝湖的懷想」。

2. 鵝湖的懷想

遠離鵝湖的人，懷想著鵝湖，大都是情不容已地懷想著那裏的幽邃的廟宇，宏濶的書院，加以古老的樹林和那龍山虎山獅山象鼻山團聚成群的姿態，湖在山頂，塔在山腰，稻粱在山下，分明是別有人間，別有天地。只是住在鵝湖的人，卻反會把這些忽略著，而浸沉於一種「上下古今」之想，特別是會把鵝湖作個中心，想到與鵝湖有關，而環繞著那鵝湖的人物。由此而對著山川、念著歷史，想著文化、注意著農村，便成就了另一副心腸，另一種境界，這便是所謂「鵝湖的懷想」。

我在鵝湖住了多年，鵝湖不僅靠近我的家鄉，而且就成了我的家鄉。在那裏最先使我想起的是最初在那裏養著鵝的人，那人姓龔，是東晉時的一個隱士，他在湖裏養雙鵝育子百數，後來都飛上了天，鵝湖之名，由此而得，以後那裏就成了一個大養鵝場。鵝的形象，從美學的觀點看，線條是很美的，所謂王羲之愛鵝，當不是愛吃鵝肉，而是有取於鵝的線條成就了他美妙的書法。在唐時，鵝湖之西有一位吳武陵，鵝湖之東，有一位王有道，吳武陵是貴溪人，才氣極大，府志稱其爲信郡人物之祖，王有道是殘唐詩人，其《御溝詩篇》內「此中饒帝澤」之句，原爲「此波饒帝澤」，因「波」被易爲「中」，遂拜人爲「一字」師。平劇御碑亭之王有道，我因獲讀王氏家譜，曾找到一些證據，大概是同一個人，只不過平劇，說他的籍貫是金華，其實是廣豐。廣豐除了王有道外，在宋時還出了一位稽叔夜，水滸傳裏的英雄們都被他擒了下來，梁山伯是他打平的。南宋時除王時敏、汪應震、趙汝愚等以外，辛稼軒亦老死在鵝湖附近，梁啓超爲辛稼軒作年譜，想去鵝湖找材料，未果而卒，那裏現在還有辛氏的後代。陸放翁更在鵝湖住了一下，作有〈鵝湖夜坐〉一詩，在那詩裏，他也表白著他如何想從戎殺敵。

明朝鵝湖附近的人物更多，宰相有夏言與費宏，儒者則從王陽明的先生婁一齋起到羅近溪等，更是很多，吳康齋和胡敬齋雖然離鵝胡較遠一點，但也脫不了關係。到清朝時，蔣士詮和鵝胡的關係，更是密切。方外之士，還有一個明朝的養庵禪師，是鵝湖附近大學士鄭以偉的叔父，就在鵝湖峯頂寺出家。所有這些人物，都是十分令人懷想的，至於大義禪師和朱呂二陸四賢之被鵝湖書院祠祭者，自更無論了。

3. 我如何到了鵝湖

我出生的地方距離鵝湖雖然一點也不遠，我的父親和我的姊夫都是在小時候就在鵝湖讀書，但我去到鵝湖，卻是差不多走遍了世界以後的事。我十歲離開家鄉，一個人在縣城裏的小學校讀書，此後則去南昌進中學，廣州進中學，嗣後又去南京北平，更去法國凡爾賽園藝學院讀園藝，並在巴黎大學研究院弄什麼博士，等博士將弄到手時，日本已佔領了我們的北平南京。還是指導我作論文的先生M. Halbawacks特別請我在他家吃飯，從而安慰並鼓勵我說：「一次大戰時，法國最初的處境正和你們一樣，但最後，是獲得了勝利。」他把他僅有的一張德國轟炸Strassbourg大學的照片送給我，那時他在那裏當教授，他站在破瓦頽垣裏，我收下那張照片之後，他要我繼續作論文，這纔使我勉強完成了論文，得了一個博士。

當我由歐洲回到武漢時，不久武漢又失了。我在武昌辦的一個報社，便遷到常德，後來我終於到了重慶，又到了昆明，再回到上饒，當時曾路過鵝湖，一瞥之下，印象是很淡的。在上饒時，前去是敵人，向後，敵人也斷了路，直到敵人投降時，我纔乘富春江木船直下杭州，又到上海又到南京，更由南京飛返重慶，最後才由重慶返經南京上海杭州而到鵝湖。

我在上饒創立的信江農專，等我在重慶辦好立案手續回來時，已被校務委員會遷至鵝湖，我的家也被遷到那裏，我到後來纔得到消息，所以我也到了鵝湖，鵝湖書院成了我們的學校。記得我到鵝湖的途中，正是夏天下著大雨，我赤著足行了十五華里的山路，才到達了那裏。我先在鵝湖書院前面的一個山崗上徘徊了一下，學校的師生們因爲下雨，所以沒有出外散步，但從校內可以看到有人在山崗上，我也似乎看到有一些人在校門口竊竊私語，待我走近他們時，便有一人叫道：「校長回來了，果然回來了。」

我進了校門，像是到了家，等我穿過學校跑上所謂「虎山」山頭時，我眞是到了家。虎山山頭有一座西式精舍，是抗戰時東南戰區司令長官的別墅，日本投降後，送給學校，學校便拿來安頓我的家室。我到了那裏，見了家長，又抬頭望著鵝湖山上的白雲，更低頭看見鵝湖書院的全景。一會兒隱隱聞到宰豬的聲音，那是校內師生們把共同養著的一隻豬，宰來充作歡迎校長歸來的晚餐。而另一方面卻是我的一群孩子，圍著我

不斷地叫著：「爸爸回來了。」我永遠記的清楚，我是這樣以校長又是家長的身分，第一次回到了鵝湖。

4. 信江——南岩——鵝湖

鵝湖距離上饒，約爲從粉嶺到香港市區那樣遠，在上饒也有一個書院，叫做信江書院，那是因在信江之旁，又因於紀念朱陸之外還紀念文信國（天祥）而得名的。距信江書院不遠，在上饒至鵝湖道旁，又有一個南岩寺，寺旁更有個朱文公祠，那是因爲朱熹小時曾在那裏讀了書，後來朱熹長大，還到那裏題了一首律詩，最後兩句是「鵝湖此去無多路，肯借山間作草堂」？朱子在那裏也是念著鵝湖。

說到南岩，我在上饒王氏家譜中，曾發現了岳武穆的一篇序文，那時主修王氏家譜的是王時敏。王時敏似乎是在南岩教書，岳飛由河南奉詔回臨安（杭州），取道江西，路過南岩，見了王時敏，便被請爲家譜作序，那篇序文不見於岳武穆全集，但我曾考證一番，實出岳飛手筆，序中曾說在南岩住了一晚，「相與論忠論孝，論古論今，至不忍捨離」，但他終於離去，並到了臨安，隨即被害了。

序文中還說到朱子在那裏讀書的事，大概當時「論忠論孝論古論今」，朱子應當在旁，並當受了感召，那序文還隱隱中露出了去臨安一定會死的口氣，眞像聖保羅之重回羅馬，結果被焚。波蘭文豪顯克微支，有一部名著叫做《到何處去！》，就把這事作爲題材，我讀岳飛那篇序文，也像讀了顯克微支的名著，那裏流露了一股眞精神。

信江書院也是在一個小山頭，隔江與上饒城相對，晚間看見滿城燈火，又看見月印江心，那裏有問月亭，夕秀亭，蓬萊閣，亦樂堂，經訓堂和一杯亭等。一杯亭碑是趙汝愚題的。民國十幾年，因爲在那裏蓋了座西式大禮堂，便廢了一杯亭，但我還保存了那一杯亭的碑石。地方人士常常把信江書院和鵝湖書院當成一個，那兩個書院的財產也是合併在一塊的，只是精神上，卻無形中把信江代表著文信國，鵝湖代表著朱陸，殉道和傳道的一股眞精神，竟分別蔚起在那裏，從以往而到今，更會直至永久。

我在鵝湖辦的學校是信江農專，最後改成信江農學院，這「信江」兩字，卻是由信江書院而來，而且這學校最初也是設在信江書院裏。在學校籌辦時，我家住在信江書院對面的大相巷一友人處。大相巷是明朝夏言住家的地方，故名大相。我在戰爭的烽火裡籌辦學校，敵人的炸彈竟也落到那裏，把我友人的房子燒了，把我大部分的東西也毀了，我在國外求學時的筆記和業師名M. Halbawacks送我那張在破瓦頹垣裏的照片，一

併被毀。後來我在那敵人落炸彈的地點，照了一張相，正想寄給那業師，並說明他那第一次大戰時的照片，在二次大戰時的中國被毀的經過，但消息傳來，他竟以七十餘齡的高年，在希特拉進入巴黎後，從事地下活動，已被敵人槍殺了。

法國自戰敗後，常被人瞧不起，但法國以前會出了拿破崙和先生一樣的老者，總不會完完全全就把法國一股眞精神失喪的。我想天地間總有一股眞精神存在，否則山河不致成爲山河，大地亦不復成爲大地了！我之因鵝湖憶及信江旁及南岩，也是爲了在我的觀念裏，信江與鵝湖是一個，而南岩，則在鵝湖到信江的中途。

5. 峯頂山、大義禪師、大義橋

東晉時候，鵝湖裏有鵝百數會飛了上天，這已經十分具備了一種傳奇的色彩，但過了近一千年以後，等大義禪師由大唐京都做國師做倦了到來鵝湖時，這飛上了天的鵝湖群竟又飛回了。這原是神話。只是鵝湖附近的人並不把它當成神話，在《鵝湖峯頂山志》裏，還把它有聲有色地記載著。並且有一篇很詳細的大義禪師傳，說他是浙江江山人，像是因揚子江裡的江月悟了道，後來唐順宗唐憲宗都拜他做了國師。順宗在東宮嘗與論性，憲宗於麟德殿聽其與諸法師論義，有不奈禪師一點之旨，賜號濟慈，他在長安說法驚動滿朝文武，留下了不少的禪語如欲界無禪等論。

有一天他厭惡了京城，便直向南行，終於到了鵝湖的峯頂，那是鵝湖山的最高處，當地就說是峯頂山。峯頂山自龔隱士去後，就無人爬上去，對峯頂山而言，鵝湖是在山腰，這山腰竟是一個相當大的平原，鵝湖書院也是在那裏，鵝湖山下有稻良有桑柘，而峯頂山上則有的是古林、有的是老虎。大義禪師南行，身無長物，只帶了一個錫杖，背著一個香爐。他到了那古樹森森的峯頂上遇到老虎，便把錫杖香爐從背上放下來，說著法，老虎一聽了法，便揚尾而去，鵝湖附近的人知道了這件對虎說法的事，便也走近了他，並合力爲他在那裏建築了一個廟宇，後來皇帝知道，又誥封了那個廟宇，那廟就是當地所稱的峯頂寺或濟慈禪院。

說到峯頂寺的所在地，那又是山頂上的一個小平原，繞著那一小平原的，又是九個山峯，同時還有一股山泉，穿過其間，滙成一個小湖，寺門就對著那一小湖，湖水倒印著寺宇。談風水的人說：那是「九龍朝珠」，龍還是火龍，最少不了那一泓湖水，但用現代造園科學的術語說：那實在是一個自然的焦點（Focus of Nature），那實在是一個自然美的重心所在，在那裏建築著一個寺廟，是人手所成的殿宇，烘托了人子所成的殿宇。一個蒼茫而又陰森的峯頂，只因有了一個古刹，竟成了現代造園科學上所夢寐以求的所謂「國立公園」，吸引了四面八方的人士，由城市走入鄉村，並認識了山川，認識了大地。

我在鵝湖時，大義禪師的錫杖和背來的大香爐還放在那古刹裏，那裏有他手植的三株大樹，仍矗立在那一小湖的一岸，也是一千年了。小湖裏滿是游魚，那是從四面八方

來的信男信女所放的生，由山下到峯頂不知要走多少石級，但放生的男女可以雙手捧著一個水盆，養些活的魚鱉，一直護送到那一小湖裏。因爲歲月不居，我在鵝湖時，確已是湖小魚大了。離鵝湖十五華里的縣城叫做鉛山。山城之下是一條河，河上有一石橋，名叫大義橋，也就是大義禪師建造的。石橋長而且大，由江西至福建崇安建陽一帶的汽車，可以通過，其堅實亦可想而知，眞是一個大工程。

在大義禪師以前，那裏因爲沒有橋，全城都感不便，有一次，大義禪師由峯頂山下來到了那裏，動了建橋的念，便即入城募化著建橋的錢，到了一個富翁家便對富人說：「那好大的屋子，但開了眼是你的，閉了眼是人的。」就這樣點化了那富人，把全部家財，捐出建橋了。我在鵝湖時，有時也因事跑到鉛山城，當我走過那一大義橋時，我總想著建設的事業，也是一種全副精神的事業，動了善念就可點化人人！點化了人人就可建設一切，一切是精神的流露，一切是精神的表白。像大義禪師的事分明有石橋遺留至今，足以佐證，又怎麼會是神話呢！

又在鵝湖峯頂寺約半里處，有一飛瀑，旁有危岩，名捨身岩，下面是一巨壑，其深無比，大義禪師死後不久，有一新羅僧，據《峯頂志》載，曾遠道來謁，到了鵝湖，始知大義不在人間，乃爬登那一危岩上，蹤身跳入巨壑，粉身碎骨而亡，並曾留一七言絕句有「空山只見水潺潺」語，那一危岩知名捨身岩，實因此新羅僧故。

6. 仁壽寺——鵝湖之會

在峯頂山下，又有一個仁壽寺，這仁壽寺現在是峯頂寺的一個附屬寺，峯頂寺因明朝大學士鄭以偉的叔父養庵禪師在那裏出家，隨後做了那寺廟的主持人，經由他的整頓，和他的侄兒的幫助，寺廟更加發達，寺產每年有幾千石租穀。鵝湖山下的稻粱，除了佃戶所得之一小部分以外，大部分都肥了寺廟裏的和尚，以前峯頂寺的和尚也許多過少林寺，我在鵝湖時，和尚還有近百人，他們每年所收的租穀加以到處的募化，除了食用以外，還頗有節餘，所以常常蓋造新的僧寮，仁壽寺住的和尚，都是峯頂寺裏向佃戶收租穀的，他們把租穀收來以後，就儲藏在那裏，因此仁壽寺雖然也有佛殿，其實是一大穀倉。

只是自唐以來，一千年間也有許多變動，在五代時，峯頂寺的重心，卻移到仁壽寺，當時仁壽寺裏很出了幾位大禪師如智孚、令新、圭峯宗密等，《峯頂志》裏都一一爲他們做了傳記，就因爲這樣，仁壽寺旁在五代時，還由智孚禪師建造了一個高塔，一直留到我們對日抗戰之時，其結構之精和規模之大，並不亞於西湖之雷峯塔，鵝湖遠近的居民稱那塔爲鵝湖塔，因爲傾斜的很厲害還不會倒，並因塔頂的金光四射，奪人眼目，所以更有了許多傳說。從鵝湖說，那塔是在平地，但從遠處看，那塔卻在山腰，所以特別吸引人們，並爲仁壽寺增光不少，直至南宋末年，仁壽寺的地位都蓋過了峯頂寺，朱熹呂祖謙和陸九齡兄弟鵝湖之會，通常都說是在鵝湖寺，照現在鵝湖的情況說，鵝湖寺應該指的是峯頂寺，但因自五代至宋末年，仁壽寺特別發達，峯頂寺高居峯頂，破敗不堪，已同廢廟，除了採樵的頭陀輪番居住，看守山林外，幾無人前往，故朱陸會講便選定了現在成爲峯頂寺的谷倉之仁壽寺，作爲會址。

於此當問，爲什麼宋以後，鵝湖寺又上了峯頂，致《峯頂寺》又成了主廟呢？那便是因爲仁壽寺在元朝時横被焚毁，寺僧爲了方便，乃將原屬廢廟的峯頂寺，加以修理，加以擴充，到養庵禪師時便完全復興了，所以《峯頂志》說大義禪師是開山祖，說養庵禪師是中興人。養庵禪師在峯頂還蓋造一座養庵塔，那裏竹徑通幽，很似西湖的三天竺。養庵禪師以後，不僅仁壽寺恢復著作爲峯頂寺的附屬廟，就是鵝湖附近幾百華里以內的廟宇，都以峯頂寺爲主廟。鵝湖附近的廟宇，如謝疊山家鄉的圭峯（其間寺廟附

屬峯頂寺），汪應震家鄉的懷玉山和婁一齋家鄉的靈山，都是很有名的。再遠一點，如象山之旁的龍虎山，朱子常去的武夷山和謝靈運、顏魯公都曾流連的麻姑山，也是天下之勝。

於此又當問：朱陸呂之會講，爲什麼要在鵝湖呢？這便先要明瞭宋室南渡後的一般情況，次要明瞭朱陸呂等人的家鄉地理，還要明瞭他們的學生之分佈狀況，宋室南渡後的杭州，就像我們抗戰期間的重慶，那是政治中心，文人學者常無法或無興趣居於政治中心，因之，上饒在南宋時，就像我們抗戰時的成都，幾乎成了文化中心，居住了很多的文人學者，而鉛山鵝湖之於當時的上饒，就像華西壩之於現時的成都，又更爲文人學者之所樂往，這是一般情況。朱子是婺源人。但其父在建陽做官，其師李延平家居南平，他本人大部分的時間是住在建陽城郊的考亭，從他的故鄉去到考亭或從考亭回到他的故鄉，必須經過鉛山，鉛山差不多是在婺源到建陽的中途，現時江西至福建崇安建陽的公路，因鵝湖在半山，不易通過，遂繞道他行，但未有公路時，贛閩兩省的通衢，經過鉛山，還必須經過鵝湖。

陸子兄弟住在金溪與貴溪兩縣交界處，象山是龍虎山的支脈，係在貴溪境內，貴溪有象山書院，認定陸象山是貴溪人，但金溪又說他是金溪人，宋史也載他是金溪人，由金溪或貴溪至上饒杭州的水道和陸道，雖不通過鵝湖，但必須經過石溪，而石溪則眞在鵝湖山下之信江河邊，距離鵝湖仁壽寺只有十華里，由陸象山家鄉到鵝湖和由建陽考亭到鵝湖，路程差不多同樣遠近。呂祖謙是金華人。由上饒至杭州要經過金華，金華到上饒，也和建陽到鉛山的路程差不多，由上饒乘船至石溪是下水，順流很快，這是朱呂二陸的家鄉地理，鵝湖對他們家鄉而言，算是最爲適中了。

再則朱子有幾位大弟子如余正叔、余方叔，是家住在鵝湖附近的上瀘坂，陳克齋也是上瀘坂人。陸子兄弟在鉛山的弟子也不爲少，貴溪與鉛山是同一府，通常親朋熟友也是很多的，只呂祖謙對鵝湖的人緣較差，但呂是朱陸之會的發起人，在這方面的自然無所謂遷就不遷就，反正朱陸的弟子會竭誠招待的。這是弟子的分佈狀況。有此三因，朱呂二陸鵝湖之會，自然要以鵝湖爲當時最爲適當的地點，更何況「鵝湖山下稻粱肥」，鵝湖水上又有鵝群千年一來、千年一去呢？

如果不管宋室南渡後之一般文化情況和他們的弟子分佈狀態，只就朱陸兩方面的方便，則朱陸之會，第一個可能是在麻姑山，因爲那裏寺宇大，風景好，又在金溪至建陽的另一通衢之中途，第二個可能是在上清即龍虎山下，那裏更是一個天下名勝之地，朱陸兩方去那裏都很方便，第三個可能是圭峯，也具備了朱陸會講的各種條件，還有其他

地方，也不是沒有會的可能。但歷史終決定了他們會講在鵝湖，而且因了當時朱陸的鵝湖一會，直到今日，還似乎留著天地之心，在那高山之上，在那湖水之中。雖然原來的鵝湖巨浸是乾涸了，但峯頂寺前依然還是半畝方塘，有如明鏡！

7. 鵝湖書院

鵝湖書院是在仁壽寺之左，惟仁壽寺之鵝湖塔又在鵝湖書院之左，因之書院便在寺與塔之間。三者之後爲虎山，三者之前爲獅山，其右下爲象鼻山，其左上爲龍山，此龍虎獅象之山合稱爲鵝湖山，其頂端則爲峯頂山。信江則自東而西，北繞鵝湖山約十里處，西流而入鄱陽湖，靈山與鵝湖山，復隔信江而遙遙對峙。書院的建築有點像孔廟，主屋凡三排，其最後最上一排是四賢祠，乃祠祭朱呂二陸四先生處，像是大成殿，中間一排是大會堂，最前一排在以前大概就是書院裏的山長居室和接待室以及來賓的住處，只是那主屋的兩旁，特別是左旁的旁屋，卻一排一排地建築在那裏，當抗戰期間在那裏辦東南訓練團時，曾容納過一千多位學員。

仁壽寺較之書院，那是小得很多了。鵝湖書院的大門是開在左側，正是鵝湖塔旁。由大門進去，經過兩排長長列植著的桃樹，又是一個大圓門，圓門內又是一個長方形的院子，院子的那邊又是一個大圓門，到了院子裏，向南向上看就是那三排殿宇，由此步登石階，便是那三排殿宇的前門，入門又是一個院子，院子裏有個半月池，池上有石橋，池周圍是石欄杆，建築著全像孔廟的泮池，渡過石橋，便是那殿宇的最前一排，前排與第二排中間又是一個院子。同樣四賢祠前也是一個院子，惟四賢祠後，則是一個高高的坪臺，其下有一小池。坪臺後是一座高墻。和坪臺遙遙對著的那兩圓門間的北端，更是一座高墻。就由這兩座高墻，分別隔斷著虎山和獅山，而虎山與獅山之頭亦復虎視和雄視著那兩座高高的墻壁。

當地的居民都相信峯頂寺裏的禪師們的說法，說是如果那座兩大圓門之間的高墻，開了一個洞，或是倒塌一塊，獅虎因無建隔，便會相鬪起來，等到獅子和老虎相鬪，那便要傷害書院裏的人們了。爲什麼書院的大門，要開在一側，而不正對獅子山頭呢？就怕獅子排闥而入，老虎一氣沖來！在我辦的信江農專由上饒搬到鵝湖之先，東南訓練團曾在對著獅子山頭處開了一座大門，只是大門一開，訓練團就結束了，隨後那一大門也被封塞了。我的學校搬去後，有一個暑假又曾一度開了那個大門，那時校內正添建兩座實驗室，果然有一個泥水匠暴病幾分鐘就死了，又一工友因與人戲鬪被踢而死，於是又把那門封起來，那時我不在校內。我回來後大家談論此事，我細細地看了那開門處，從

造園學的立場看，門一開，破壞了整個書院建築的美，原來前後兩座高墻，一方像藏著獅山，一方又像把虎山馴伏，兩墻之內，幽深曲折，從容自在，院子之內，又有院子，天地之間，又有天地，自然成了另一種境界，而對那龍虎獅象四山滙合之一種風雲氣象，又一點不現出不調和和不統一。

書院平平，儘管平平，書院默默，儘管默默，但整個鵝湖山水的奇特，以至整個宇宙的自然韻律，在那裏都像有了安頓。書院當時的建築設計，當即令我這半生學著東西各國的造園的人，十分驚異。門一開，用老話說：便是洩了所有的氣，用造園的術語說，便是失了調和與統一，沒有提挈全盤的局勢。當時我想用這個道理，向學校的事務人員和鵝湖的居民解釋，但一轉念，還不如仍去借用峯頂寺和尚的說法，來得方便，且更有力，但再轉念，我究竟是辦高等教育的人，我又如何能不引用現代的科學呢？於是我便說著：「大門一開，北風太大，對書院居住人們的身體，是不太合乎衛生的，還是一仍舊制爲好，暫勿更張吧！」

朱呂二陸，講學鵝湖，著有《鵝湖辯》，《唱和詩》及《卦序論》，信州刺史楊汝礪祠四先生曰：鵝湖書院，宋理宗淳祐間賜名「文宗書院」，眞所謂斯文之宗主，理學之聖地。詩人之歷其境而歌詠者，除張演有「鵝湖山下稻粱肥」之句，放翁有「我亦思報國，夢繞古戰場」之嗟以外，明宋濂亦復有「懷人已寂寞，對景空淹留」之感，至新羅僧遺下「三千里路禮師顏，師已歸眞塔已關，鬼神哭泣嗟無主，空山只見水潺潺」之詩，尤爲至鵝湖峯頂者所樂道。此外往遊之人，類皆留詩誌感，《峯頂志》對此曾予收集不少，然所遺仍多，清李光地創修曲江書院（信江書院最初名稱）記云：「南渡後有陸氏兄弟以學術道義與朱子相切磋，而朱子趨朝往來必由信州取道，故玉山之講，鵝湖之會，道脈攸關，跡在此邦。」

對朱陸的會講，一個鵝湖書院紀念不夠，又加上一個信江書院，而南岩因朱子之留，復設有文公祠，再則鵝湖至鉛山途中有一石井庵，庵旁有一泉，至清且冷，因朱子之遊，更以石碑刻其詩，我在鵝湖時，仍甚完好。近一千年間，哲人與佳山水，同深印入於鵝湖遠近居民的心目中，這會有盡時麼？這會有止境麼？

8. 鵝湖塔、舍利子、野狐精

我的學校裏有一位教國文的副教授，在我到鵝湖的第二年夏天，偶然在學生的廁所旁，發現幾片破了的碑石，把他們細細地合起來，有文字可資認識，他便和我談論這件事，隨後大家繼續在書院各處尋找其餘的碎片，終於在學校的大廚房內，找到一大片，那是碑石的主要部分，又在他處找到些碎片，合起來，幾乎就成了一個完整的碑，只有幾個字無法辨別出，但碑文所敘的事實，我們是知道了。那碑石是五代時碑石，那碑石刻著的是鵝湖塔建造的經過和一個舍利子的藏置處，同時那碑石本身的放置處，也有說明。碑石是正方形的，據碑文所載，碑是放在鵝湖塔基下的深窖裡，深窖之上，就蓋著那鵝湖塔，深窖之中，有一個石櫃，石櫃之中，有個鐵箱，更確當地說，那塊碑石也是藏在那石櫃裏，鐵箱之中，有個銅盒，銅盒之內，更是金盒，在金盒內面的是什麼東西呢？不消說，就是那一個舍利子。

學佛的人會知道，舍利子是如何稀有，是如何名貴的，那是無價之寶，一個塔，有了舍利子，才能稱舍利塔，否則任使那塔如何高，如何大，如何悠久，都不能稱作舍利塔，就是在天下八大叢林中，有舍利塔的雖不能明白辨出來，但究竟很少很少的，鵝湖塔之能藏著舍利子，也許是因爲那開山祖師大義和尚作了國師的緣故。大概是那舍利子經一代傳下一代，傳到五代時，看天下雜亂，恐怕喪失，便築高塔、藏之塔下，以俟來者。

照那塔內舍利子的藏置方法，實可藏之永久而與天地同存，禪師們思慮的周詳，亦於此可以見到，眞好像諸法皆空，惟舍利子是實。只是自我們看起來，舍利子的意義，是一個歷史文化的意義，因之禪師們寶貴牠，我們也同樣寶貴牠，禪師們頂禮著，我們也同樣頂禮著，如果喪失了，那眞是禪語所說的「如喪考妣」了。

何以那舍利子不見了？那是因那金盒不見了，何以那金盒子不見了？那是因爲鵝湖塔不見了。在我去到鵝湖之前，鵝湖塔就不見了。在鵝湖書院前面的一個山崗上，我的學校未搬去時，就已蓋了一大批茅草蓋的房子，只是經風一吹，又經雨一打，不久之後，那些房子都壞了頂部，但基於在我們到鵝湖時還是好的，因爲那基部都是用古磚砌成的，我看見那古磚每一塊都印著五代時的年號，當我一查詢時，就知道全部是塔磚，

塔磚較平常的磚是大多了，也堅實多了，而且更美麗多了，分明鵝湖塔是被拆毀的，舍利子是被盜走了的，但何以那塊石碑沒有拿走了呢？當然，金盒拿去了，石碑在盜金者看來是無用的。然則石碑為何遺下來又不是完整的，而被打碎得一片一片，並東丟一片，西丟一片呢？分明是怕人看見了碑文，不免要追究一番的。

到鵝湖的人，不見了鵝湖塔，眞像到西湖的人，不見了雷峰塔。鵝湖塔的基地，就在書院的門口，也就在我學校的門口，我因為那裏永不會再有古塔高聳了，所以就想親自在那裏佈置一個小花園，只是地底下盡是碎磚碎瓦，泥土太少了，無法栽植，只能長些雜草，也就只好讓它長此荒涼了，而且在那裏長保住一點荒涼，讓人憑弔，會遠較一個小花園，給人遊賞，為更有意義。

雷峰塔下曾有壓著一位白娘娘即白蛇精的動人傳說，而鵝湖塔旁有一位白夫人即白狐仙的故事，也是十分美妙的。要知書院裏的四賢祠後面院子內，不是有一個高高的土坪臺嗎？那土坪臺前據說原也有一塊石碑，上面刻著「白夫人狐仙之墓」字樣，但被有些破除迷信的所謂新進之士，認為不合科學，便又把那碑石拆毀了。我去鵝湖時，連碎塊亦復無由尋覓。但碑石雖被丟掉，坆墓依然存在，因為那一土坪，就是白夫人狐仙之墓，有高墻壓著，是無法掘開的，土坪之上還有兩株古桐。古桐聳立，像兩把大雨傘，幾乎把四賢祠的屋頂蓋著半邊了。

四賢祠建築是兩層，下一層，原來陳設著朱呂二陸四個牌位，並有匾額，題著「頓漸同歸」字樣，與書院前排建築中所懸「道學之宗」的御匾遙遙相對，祠的上一層原是藏書及藏祭時所用器物之處，我去鵝湖時，藏書和祭器不見了，只見那四個牌位擱在那裏，下一層房屋是空著的，惟匾仍在。土坪在祠後，其高度達祠的底層之半，土坪前有巨磚砌成一塹，旁有石級可登，塹前一小池，有一股細細的泉水流入，可以養著小魚。土坪之側有一個小門，出門處，又有石級多層，曲折而上，通虎山頭，那就是我的住宅了。到我的住宅有兩條路，大路是繞道於書院的左側，小路就是經由那土坪臺而過。

四賢祠是書院最冷僻之處，也是我學校裏最冷僻之處，我到鵝湖時，學生們有的說在那裏見到一隻手從窗子內伸出來，白嫩的。有的說在那樓上分明聽到有人說話，但跑上去又是寂無一人的。隨後我把四賢祠加以修理，並將朱呂二陸的神位由樓上請下來，安置在樓下的神龕內，因爲去的人漸漸多了，而且我有時還在那裏會會客，辦辦公，所以就不再現得冷落，於是各樣的傳說也不再有了，只是狐仙的傳說，還是流傳在當地的居民及附近的士女中，因爲那已是從南宋末年流傳下來的故事，原來在朱子未到鵝湖時，那是野狐精。

朱子夜坐在鵝湖，展書久久不寐時，野狐精來了，本是要害朱子的，但忽而念頭一轉，反而憐惜著朱子，隨又愛戀著朱子，並從護衛著朱子，免除了其他的山怪（例如當時一個荷花精）來害朱子，朱子後來覺察了，而且似乎神智還更加清明，因之兩相過從，也便形同夫婦，而野狐精也就以夫人自居。只是不久這白夫人因為要成全夫子，反而自盡了。朱子便把她埋在那土坪中，原思千古之下，無人能知，但不知何故，這故事卻終於流傳在那裏。這故事當然不必眞，但對朱子長年對著晚峯，苦苦從事著述的生涯，是很富於情味的。據說朱子自白夫人不願成精成仙而反自殺以成全朱子之後，朱子的學問更加長進，而道亦更高了。

鵝湖塔，舍利子，野狐精，這一切在現時都只能想像而不能再見了。但鵝湖塔也畢竟遺下了片磚片瓦，野狐精也遺下了一個土坪，而舍利子雖然遠離了鵝湖，不過總會是仍落人手，仍在人間，因為那是水火不能入的，既是至寶，就是被人盜去了，也總不曾被人遺棄著。最可怕的是，那塊碑石所刻之文字，在鵝湖塔被拆毀時，未被人看清楚，因之不識金盒所藏的就是舍利子。或則那盜者是只會盜金，不會盜寶，遂僅將金盒取去，而將舍利子遺之如土。果眞如此，那舍利子也許仍在鵝湖的土中，但這更是不可想像了。

可異的是，爲什麼藏那鐵箱鐵盒以至金盒和舍利子的石櫃中，還要放置著那一塊碑文，詳敘著這一藏置舍利子的事實呢？是希望千秋之後，以待盜者，還是希望千秋之後，以待解人呢？碑文載著舍利子，對盜者而言，那不正是所謂「此地無銀三十兩」嗎？若對解人言，則人既解舍利子，就不會拆毀高塔了。禪師之智，至此不是窮了麼？但一轉念，這碑文的意義也畢竟是深長的。我在鵝湖時，我們都好好地保存了那塊碑文，爲的是，總有一朝一日，能夠根據著那破碑文，去追究追究一番哩！

9. 由鵝湖書院到信江農專

在以前科舉時代，我國研究學問的人，多賴書院，所以書院若在有名學者主持之下，常有新的學說和新的學派產生出來，同時這新的學說和新的學派，又常常藉書院作爲宣揚的地方，鵝湖書院以及信江書院，更因其在我國學術史上有其崇高的地位，而且因爲有了比較充裕之款產，作私人講學的經費，所以那書院裏便出了不少的人才。宋明兩代，在鵝湖附近的學者和政治家以及一行可稱之仁人與夫節烈之婦，據《廣信府志》所載，眞是多的不可勝數。就是在元朝和滿清也有不少的人才出現，清康熙時，李光地《重修鵝湖書院記》有云：「書院之建，實與國家學校，相爲表裏，李渤高士爾，朱子猶惓惓焉，今使先賢遺址，渙然崇修，江右故理學地，必有遊於斯而奮乎興起，以紹前緒者。」

事實上，因鵝湖信江兩書院而興起者眞多，同時書院裏歷代都有所謂山長，山長在書院裏，大都有著講義，這講義就是山長的學說。過去因爲交通和印刷不易的關係，所以這講義流傳的很少，我在鵝湖時，就在民間發現了一部餘干人在鵝湖書院當山長時的鵝湖講義，那是餘干胡敬齋之後不久的理學家，明儒學案沒有他的名字，事實上那是一位成就似乎不亞於胡敬齋的學者，那講義有四大本，是他自己用正楷字書寫的，就是那寫的小楷，都是十分難得，我當時很想把這鵝湖講義印出來，只是一則沒有錢印刷，二則印出來也怕沒有人會買會看，因爲四書五經尚且沒有什麼人要，又何況那一不出名的餘干人的鵝湖講義呢？於是我也只好把這事擱起來，孰知這一擱置，竟又成了一大遺憾。

信江書院成立於清朝初年，而鵝湖書院則遠在宋時就成立了，當朱呂二陸四先生相繼沒世以後，信州刺史楊汝礪就在仁壽寺之西創設著鵝湖書院，以後屢有修舉，到明代宸濠之亂時那一帶也適當其衝，兵燹之餘，舊的鵝湖書院的屋宇全部湮圮。到清康熙癸亥年，纔由地方官令潘世瑞修理了一下，到康熙乙未年，復由令尹施德涵大加修建，以後又是壞了又修，修了又壞，直到清朝末年，現代潮流，激盪而至，因信江書院被改爲廣信中學，民國元年以後又改爲信江中學，嗣後又改爲信江鄉村師範，於是鵝湖書院也於民國初年被改爲鵝湖師範（黃維將軍就畢業於此），繼又演變爲鵝湖商業學校及鵝湖

中學等，到這鵝湖中學停辦以後，鵝湖書院宏濶的校舍又空了下來，而鵝湖書院款產則併入信江鄉村師範學校內，後來信江鄉師，更由信江書院遷入鵝湖書院中，抗戰時，因軍事需要，鵝湖書院便被充作將校訓練團，其後又成爲東南訓練團，而信江鄉師則遷至上瀘坂，隨後信江鄉師復被改爲信江高級農業職業學校，在浙贛鐵路被敵人全部佔領，復經局部收復之後，上饒光復了，信江農業職業學校乃由上瀘坂遷入信江書院內。

於是信江書院成了習農之地，鵝湖書院成了習兵之場，不復爲紀念朱陸會講理學心學之處。現代的潮流，時代的巨浪，大家都似乎認定不是書院所能抵擋的，但雖如此，現代的潮流是變幻無常，時代的巨浪，是起伏靡定，大家也不會不十分感覺到。鵝湖書院爲時近一千年，雖其房舍屋宇，時毀時建，時壞時修，但其心意所存，精神所在處，總是不朽不易不變不遷的。乃自清末至今，不數十年間，一會兒，大家覺得只有教育可以救國，於是大家在那裏辦著師範學校；一會兒大家又覺得時代是資本主義的時代，要從事富強，只有從事商戰，於是大家又在那裏辦著商業職業學校；一會兒大家更覺得現在是科學的時代，是民主的時代，談科學不能不辦好大學，談民主，至少小學教育要能普及，並不斷地提高。

但中學上承大學，下啓小學，是大學和小學的一個重要的關鍵，好壞的轉點，中學若無基礎，上下都會脫了節，要救救青年，要救救國家，不能不注意中學，因之大家又在那裏辦著中學。但一會兒大家又覺得辦中學是不行了，中學生不見得個個能升學，到頭來竟似個個都無用，手不能提，肩不能挑，而又總覺得他們是青年，是社會的中堅，是時代的先鋒，是國家的主人，又是天之驕子，中學把大學既然拖垮著，又把小學一樣累壞了。一股浮華不實之氣，一片喜奇喜巧之心，都在中學裏大量發揮著，深深養育著，看來還是鄉村師範教育要緊，復興鄉村可以把青年救起來，把國家救起來，於是大家又在那裏辦著鄉村師範學校。

但一會兒又是鄉村落後了，軍事第一了，終於鵝湖書院又成了軍事幹部訓練團。大家不要以爲鵝湖書院是在鵝湖山中，無聲無臭，是在鵝湖寺側，冷冷清清，其實就是鵝湖的一草一木，也對時代的心靈有其極敏捷的感覺，並有其極迅速的反應。只是感覺復感覺、反應復反應，時代的心的虛浮，不也在這數十年間，曝露無餘了麼？

大家只知道教育可以救國，工商可以救國，科學可以救國，鄉村可以救國，武力可以救國，但那裏更考慮到書院應該是一種什麼精神？鵝湖究竟是一種什麼境界？書院擋不住時代，但也許正可以澄清它。鵝湖經不住變亂，但也許可以扭轉它。這爲的是鵝湖書院的心意所存和精神所在，千年來總是不變不遷、不易不朽的。俯仰天地間，少不了的是明覺，少不了的是了悟！

10. 由信江農專到農學院

信江農專最初一個學期，是和信江高級農業職業學校同在信江書院內，只有一班農藝系一年級學生四十餘人，沒有確定的校舍，也沒有確定的經費，教授們大多是盡義務的，看起來，好像是那信江高農附設的專校。那時信江高農有幾百人，並有信江鵝湖兩個書院的款產做學校的經費，但到第二個學期，情形卻倒過來了，終於經地方人士的贊同，勝過了地方官吏的執拗，把信江高農變成了信江農專的高農部，而信江鵝湖兩書院的款產，也就移作了整個農專的經費了。原來被徵用著作訓練團團址的鵝湖書院，不久也因為日本無條件投降，軍事機關由鉛山移往杭州，經我交涉的結果，又被收回。而且連那虎山頭上一座別墅，也一併送給我們。

那時我正去重慶辦理信江農專立案的事。辦學校的事是困難多端的，現在我這樣敘述著好像並不如何費力，但在上饒，每當我弄到精疲力竭，回到那時居住在信江書院經訓堂裏的家中，我總不免夜半跑在那問月亭，低頭看著那條信江江水，急急向西流去，又稍稍抬平頭來，看著上饒的滿城燈火逐漸吹滅，留下無多。最後更仰視著滿天星斗，一任寒風拂面，於是黯然便仿傚了古人口吻，嘆道：「天地間有了一個農專，難道會多得些子？天地間沒有了一個農專，又難道會少得些子？」眞是苦苦無以自解，還是只好回去睡覺了。

在我國以前分明是文化教育的事業打動了政治，孔子以一位文化教育者的身分，死後竟做了所謂「素王」，四海之內，每一個城市差不多都有著孔廟，而文武百官在大成殿前經過者，都須下馬下轎。但在二十世紀的世界與中國，幾乎是到處一樣讓政治支配了或至少麻煩了文化和教育。譬如我辦那農專，後來改成農學院的時候，就被政治麻煩得難以喘氣，但他人從旁看我，還說我一帆風順哩。

本來時代是變了，觀念是變了，在我認爲不成問題的，也畢竟成爲問題了。而說到問題的解決，奔走奔走，拜託拜託，那已是十分平常的事了，只不過我卻過於不慣而已。但究竟說來，爲國家社會辦理著文化教育的事業，要是眞正能夠免於奔走，免於拜託，總會是一個更好的政治和一個更好的時候之來臨了罷！衡量民主的尺度是很多的，在我就只願以此爲尺度，作爲民主的衡量。文化教育和政治，最好是相忘於江湖，就是

相呴以沫，也還是第二義。

我的學校有兩個辦理的方針，一是教授治校，一是學生自治，這於我固然很好，譬如我由重慶回來時，學校被教授們決定搬走了，連我做校長都可不須知道，因而不須操心，只須事後贊成贊成，欣賞欣賞。但更好的是對學校對學生，譬如在全國學校大都鬧著學潮時，我的學校就從來沒有罷課一小時，在全國大學青年大都在憂慮著失業時，我學校裏畢業的學生就沒有一個失業者，因爲學生們都知道讀書是自己的事，教授們都願把教出來的學生當作自己的子女，想盡千方百計，都要讓他們畢業後，有業可就，並有業能就。

我和我學校裏的師生，看起來，眞是相忘於江湖，但究其實，畢竟是相忘不了，我十分關心著我學校裏的師生，學校裏的師生也異常關心著我，由此以論文化教育與政治，雖說是最好要相忘於江湖，但按其實，文化教育的眞精神又何嘗不通於政治，政治的眞精神又何嘗不通於文化教育，只要彼此的眞精神，眞的相通，那便是文化教育和政治兩方面的眞的向上了。

11. 鵝湖書院可以重振嗎

我到了鵝湖之後，風聲是一天一天的緊起來，局面是愈來愈變得不很好了。在波浪中間的朋友們，看見我老是住在那鵝湖的深山裏，總說我是歸隱了。其實我哪裏會有絲毫的隱士或名士的心情？我曾不顧學校同事和地方人士的反對，斷然接納了當代哲人牟宗三先生的建議，重振鵝湖書院旗鼓，並由其和朋友親草了一篇鵝湖書院緣起的大文章，認定儒家不同於耶，不同於釋，六義之教仍是人群組織之教，並認定孔孟荀董爲儒家的第一期，程朱陸王爲儒家的第二期，現時則應到達了儒家的第三期，這第三期的儒學運動，會有更其重大、更其全新的使命和任務。

鵝湖書院復興的辦法，也由他們親自訂下來了，我不能讚一辭地全般採用。我又曾屢次三番地迎接著當代哲人唐君毅先生由太湖來鵝湖，終於他在一個暑假內到來了鵝湖。我要求全校的師生們都去聽他講著孔子耶穌釋迦牟尼和蘇格拉底，讓他們了然於學農者的精神，會別有所在，「多識鳥獸草木之名」和一草一木所象徵的意義，皆足以認取天地之心。只可惜暑期中，師生們大都回家，留校的不多，故受教的人也不多。同時，唐先生足痛，又未能和我爬登高山，深涉湖水，他只能藏在我那虎山頭的住屋裏，繼續不停地從事寫他那「社會文化之道德理性基礎」的一部巨著，那時我也利用了暑期草了一本《農業與時代》。而牟先生更早寫成了一本想挽救當時危機的著作，只可惜除了我這不三不四的小書以外，他們的心血之作，都還只能藏之名山，以至於今。

暑期過了，唐先生又回到了太湖。開學後，我校師生由家回校，便大都以未能聽到唐先生的言論和看到唐先生的風采，感到遺憾，於是我便請唐先生擔任了我校訓導主任的名義，請他的妹夫王君代理處務，有的同事也頗感到這樣的掛名不很妥善，於是我便憤然嘆道：朱陸的心，可以自南宋到達今日，難道唐先生的精神，就不能由太湖通到鵝湖麼？於是他們也對我笑了一笑，接受了我的辦法。熊老先生在未去廣州之前，我也曾迎他安住於鵝湖，讓名山生色，但他終於去了廣州。有一次唐先生還打算為我邀當代最大的史學家錢賓四先生同來鵝湖，那時全校的師生都差不多興奮得要跳起來了，大家歡喜得容光煥發，鵝湖也像歡喜得容光煥發，真好像千載之後，又一次朱陸之會的行將到來。至於我呢？我在內心深處，我總是感謝天地，有了我的一批師友，而在私心的祝禱

裏，則更是由於他們的精神，，總可擋住瀰天的風雨，由於他們的精神，總可平息遍地的風波，由於他們，乾坤扭轉，由於他們，冬去春來。

鵝湖之心，是朱陸之心，朱陸之心，是師友之心，而師友之心，又是鵝湖之心。遙遙此心，殷殷此志，綿綿此念，默默此情。不能容已，不能容已。只可惜他們沒有到來之前，大局就已不好了，他們只能更向南去。大家都覺得將無所容於天地之間，大家又哪裏會覺得能夠隱得了？或是會想到生前瑣碎之名，以及死後安息之地呢？在重慶，那時正是協商會議大開著，我們就曾在一個咖啡館裏，勸梁先生最好跳出一切的圈子做甘地。在上海，那時正是民社黨被人借重著，我們就曾勸張先生最好主持一個中央研究院，好為國奠定萬世不拔之基，不要把精力分散於黨，當時梁張諸老先生也未嘗不若有所思，而長嘆息。

只是我們無可如何的，我們是終於無可如何，錢先生和唐、牟諸兄當時只能居於太湖之濱，我和姚兄在當時自也只能居於鵝湖之側。一切的說話，沒有用了，一切的辦法，也是空的，牟先生重振鵝湖書院的計劃，未能實現，我曾獨上鵝湖峯頂，面對鵝湖書院而坐，竟不覺也暗暗叫道：「你看見這大殿宇麼？將來在這裏沒有一塊石頭留在石頭上不被拆毀了！」鵝湖山，也會像新約聖經裏的橄欖山，那裏的問題會是：「…甚麼時候有這些事呢？這一切的事將成的時候，有什麼預兆呢？」那裏的回答，我也像隱隱聽到：

「……你們聽見打仗，和打仗的風聲，不要驚慌，這些事，是必須有的，只是末期還沒有到，民要攻打民，國要攻打國，多處必有地震饑荒，這都是災難的起頭。」

那裏的回答，我還像隱隱聽到：

「……弟兄要把弟兄，父親要把兒子，送到死地，兒女要起來與父母為敵，害死他們，並且你們要為我的名，被眾人恨惡，惟有忍耐到底的，必然得救。」那裏的回答，我更像隱隱聽到：

「你們看見那行毀壞可憎的，站在那不當站的地方，那時在猶太的應當逃到山上，在山上的，不要下來，也不要進去拿家裏的東西，在田裏的也不要回去取衣裳，當那些日子，懷孕的和奶孩子的有禍了，你們應當祈求，叫這些事不在冬天臨到。因為在那些日子必有災難，自從神創造萬物直到而今，並沒有這樣的災難後來也必沒有……」（俱見馬可福音第十三章）

我的妻，那時候正在懷孕著第六個孩子，幸好「這些事」也確實是「不在冬天臨別」。第二年四月四日，正是兒童節又卻好是舊曆的清明節日，我別了我的妻子，別了

我校師生，獨自在微雨中經上饒杭州去南京，那時我校已擴爲農學院，不復是農專。農學院的事需要我去南京，但風聲是那樣緊，我的妻因快分娩，不欲我遠行，但我的心，總想到耶穌望耶魯薩冷痛哭的情景。我的兩足，便不知不覺地走了，兩手只提了一個公事皮包，拿了一把雨傘，什麼也沒有帶走。我就是這樣從此離開了鵝湖，別了鵝湖。我沒有走到南京，我只到了上海，我就被困在圍城裏，被困在鋒火裏，我是坐最後一架飛機。砲彈落到機場時，我才離開了上海。臨別天空，還繞上海飛了一個圈子，清清楚楚地看到了上海四周的沖天鋒火，又看到了上海中心的蓋世繁華。

12. 我離開了鵝湖和鵝湖山水

我飛到哪裏去呢？我在天空中可隱隱約約的也看見了鵝湖嗎？我在天空中清清白白地也更加清醒了嗎？我想起了美國哲人梭羅（Henry D. Thoreau）寂居華爾敦湖（walden）湖畔的一番言語：

「說到體力勞働，百萬人確是清醒的，但是百萬人中，衹有一個人才是夠清醒，能努力於智慧；十萬萬人中，才能有一個人生活得詩意而神聖。生活就是清醒，我還沒有遇到一個很清醒的人，要是見到他，我怎敢凝視他呢！」

於是我在天空中，又眞的隱隱約約地看見了鵝湖，看見了鵝湖的「清醒」。好一位可憐的美國哲人，竟看不到一個人很清醒，但我卻分明看到我的師友都很清醒，鵝湖是清醒的，我全部的師友都是清醒的，因而說到我自己，感謝天地，我在天空中，我在烽火裏，我不也差不多就一樣地清醒了嗎？我向南而飛，我竟像是由鵝湖山頭掠過而去，我怎能不再來說一說我那鵝湖山呢？我總堅信鵝湖的山水，儘可招來四方的師友，我更堅信四方的師友，儘可收攬八面的風雲。他們不能援天下以手，他們儘可援天下以道，道在後，會顯得更在前；道在下，會顯得更在上，因之道在深山中，會顯得更高懸於天壤。四面八方的師友，如眞能退居鵝湖，在狂風暴雨中，找到個藏身之所，又找到個藏道之所，總會是天地間的一件大事，只不過鵝湖山頭的白雲，無由定住，鵝湖水上的風波，也無由止息，於焉雲散風流，人亦只好更去四方八面了。在四方八面，想著鵝湖山頭，又想著鵝湖山下，更想著鵝湖山中，眞是情不容已，情不容已！

明萬曆間王祚昌狀鵝湖山有語云：

「鵝湖山在信郡之西南維，鉛山縣之南維，以自閩分水關而來，迤邐數百里，巃嵸嵂崒，歷幾萬峯，八首最高處爲鵝湖，巘頂赤石叢生，峙如戟，伏如虎，飛如鳳，鸞夷如砥，等如階，水如瀑布，如蜿蜒，有坎止，有潛伏，漢晉屬閩粵，唐置唐興縣，亦屬閩，而鵝湖之石，著已舊矣……」。

《峯頂志》所載鵝湖山水，其著者凡十七處如次：

1. 鵝湖峯，峯之最高聳者，面南爲邑之鎭，西北爲禪院之主，山發脈過貴人峰，下寒婆嶺，右分支北向，數起數伏，逶迤直至院左，出與山門齊，而龍氣自起

伏，將盡處，右迭從藏經堂僧堂入於中也。明大學士上饒鄭公以偉詩云：「桂蕋集金鵝，翅檠小天竺，曾借佛前花，隔峯廌朱陸。」

2. 貴人峯，在鵝湖峯右，端拱巖巖儼垂紳正笏之狀，左有誥軸峯。

3. 菡萏峯，在貴人峯右，狀若蓮花，欲開未開，瓣瓣叢裏，有含香將吐之勢，然祖塔自此發脈，向北行折轉而至唐帽峯之陽，祖塔普同在焉。

4. 唐帽峯，與巵斗峯並在院右，高聳峨峨，若唐人所制之冠也，爲院之右臂。

5. 增勝峯，在院左，爲青龍之鎮也，三官殿在峯之北。

6. 鉢盂峯，在院之朝向，端莊聳肅，頂平而坦，儼然一鉢在床，朝嵐夕靄，翠滴花香，蒸雲掩日，疑人天之享齋供也。養公頌：「一鉢峯頭暎晚簾，趙州洗處已非堪，昔年庾嶺誰能動，驀地移來最上菴。」

7. 養公池，當三門數武有大涂，故多華離町□耳，養菴至，治之圓與深三分，而削平居半焉，如是乎曰養公池，有贖放生命者，趨之呼爲放生池，鄭詩：「不飲免攢眉，波紋綠於酒，欻開清蓮花，鵝王疑戲藕。」

8. 龍井在禪院後，而水自石出，毖涌成池，歲時旱魃，禱求輒應，其色碧，其流駛。

9. 羅漢塘，在貴人峯側，形圓如隄，中曹水積，大義泉出焉，蜿蜒流於養公池，境若天臺石梁故名。所云東晉時雙鵝育子，疑此是也。

10. 畢敬橋，在養公池側，出入官道，語云出門如見大賓之意也，有碑刻畢敬橋大字。

11. 濯纓橋，在畢敬橋外數武，清泉流水，潺湲可掬，取古云清斯濯纓，刻濯纓碑之。

12. 石井，在山南麓之西，偽趾處，廣五丈，深巨測，其源故與海通，有崖拔其上，崖紋如蓮花下垂，中有魚焉，其色紅，流達於原畞，即亢旱雩兌焉，大義禪師嘗駐錫於此，每有僧鬻建佛宇僧堂，遊覽著作者多。

13. 瀑布泉，從養公池而出，在捨身崖之旁，飛流數十丈，可望二十餘里。鄭詩：「雲絮兜羅錦，山垂蘇幕遮，尚欠華巾在，一條解結斜。」

14. 捨身崖，在瀑布泉左，壁立數十仞，下臨不測也，昔新羅和尚慕大義之道風，至則義師示寂矣，彼即捨身於此，有傳記。

15. 大義泉，發源峯頂，蛇行五里許入仁壽院，許澯詩：「一派泉流大義名，廣長舌㕹話無生，千岩萬壑爭高下，落處還教一坦平。」

16. 水碓在濯纓橋外水口內，計碓四色，瓦屋一間，本山獨造，隨時便舂。慧公聯：「輪轉星河水，碓舂月澗雲。」

17. 涅槃窰，鉢盂峯右塢，磚砌大壙，方正五尺，間以鐵格，承龕及柴格下舉火，凡僧亡即送此闍維，收骨入普同。

《峯頂山志》係峯頂禪院即峯頂寺所修，現時版本猶是清初刊行者，除此山志木版仍被保存於寺內外，並有不少佛經木版，如《六祖壇經》等。寺內藏經閣，以前並聞有大藏經一部，後被焚毀。以上所志各景皆就寺僧觀點而書者，關於鵝湖書院之事，山志未提一字。鵝湖書院昔亦有志，惟今已不存。龍虎獅象諸峯，在書院四周，山志亦不提。其實鵝湖的眞氣象，皆聚於此。山志所書十七景，我在鵝湖時，只貴人峯和菡萏峯沒有爬登上去，但遠遠看去，確實有其佳妙之處，鵝湖峯，其奇竟如武夷。唐帽增勝鉢盂諸峯，亦莫不是所謂靈氣所鍾。人眾武夷奇，峨嵋秀，華山雄，黃山麗，而鵝湖山則眞可謂「靈」了。鵝湖山之北，即信江之彼岸爲靈山，雖山以靈名，且爲道書所謂第三十三福地，但靈峯凡七十二，極盡雄渾。較之鵝湖山，實另爲一格，不必定爲靈也。「靈」便「清醒」，同時只要清醒了，也就靈了，鵝湖山的各各山峯，特別有趣的是：越遠越看得清醒。

由上饒西南行，只要過了南岩，就可看鵝湖諸峯，適在白雲之下，回過頭來看靈山，則靈山諸峯，卻零零落落地躲在雲裏，並不如何明朗，在陰雨天，卻更模糊，惟有一個石人峯，比較清楚，而鵝湖山諸峯，晴天固然是其清如洗，就是在陰雨天，也並未迷了去處，永遠像是清明在躬，永遠像是在那裏指個靈竅與人，令人嚮往。山是青的，水是綠的，養公池，龍井，羅漢塘，大義泉，以及畢敬橋濯纓橋下之水，無一不綠，只不過青不是普通的青，綠也不是普通的綠，因爲鵝湖山中的古樹特別多，竹林特別深，讓青成了濃青，綠成了濃綠，而且濃得成了一種特異的色彩，這便是在色彩裏有了光輝，光輝裏又有了靈氣。

捨身崖畔之瀑布，飛濺成珠，陽光映照時，更成了異彩，那和廬山的三疊泉完全異趣，和黃山的瀑布也是兩樣。瀑布最大的，我看過了貴州的黃果樹的瀑布，那像是銀河之水，從天傾下，令人愕然。只是大儘管大，卻終成了一副光景，全般顯露，而無餘趣。至於鵝湖的瀑布，則一方面是直下承當，一方面是靈機百轉，顏色好，線條好，伴著山風，聲音更好。我在天空中，乘坐飛機，向南而行，像是掠過了鵝湖山頭，又像聽到了那種聲響。

13. 虎山頭的黎明

我現在要回憶著虎山頭，我在鵝湖是住居虎山頭。

那虎山是自那書院上登峯頂之大道旁，縱身而下，虎腰微曲，虎頭昂揚，正視著書院。虎身盡是茶子樹，虎額更有青樟。我的住宅是在茶子樹與青樟之間。建築的基地，全是以前用兵工的力量，削平了虎額稍後的左側，餘下的土，又堆了一個土坪，在土坪的四週，造了八角的欄杆，可以憑眺，可以乘涼，又可以在那裏宴客。由書院達到我的住宅，除了四賢祠後的一條小石徑曲折而來以外，更由以前兵工的力量，鋪了一條寬敞的路，一層層的寬敞的石級，先由我家大門，斜傍土坪而直下，至半腰懸崖處，復兩分，一傍懸崖之左，藉無數石級，緩緩而下，至一平坦地，有如左臂環抱。一傍懸崖之右，與左道對稱而至平坦地，有如右臂環抱。

在平坦地有一排新屋，係以前訓練團教育長的辦公處，我到了鵝湖便改做招待所，那裏前後都闢了院子，有不少的花木，也有古樹，在訓練團以前，那裏只有一個亭子，算是書院的最高處，現則在那一屋後懸崖之上，還有我的住宅。我的住宅是一棟西式平房，坐在房中，不僅可以清楚看到對面的獅山上傍晚散步的師生去來，還可清楚看見遠遠的靈山上每一峯頭的風雲聚散。

由那招待所的前院又要下著石級，方可斜抵我在鵝湖時所建的新建築物，那是兩大實驗室並列著，中間還有一個儀器室。這建築物之左是一個旁門，可達校外，這建築物之右，又是一個旁門，進入眞正的書院範圍，原來那座建築物的地址是以前訓練團的停汽車處，地面很寬，左旁還有一株古樟樹，至少是明朝初年的東西，主幹裏面全是空的，有三分之一裂開著，樹冠婆娑，見了那樹，眞不由人不憶及宋時「樟公安否」之御前問答。

一個樟樹應有之樹木美，那裏已是全盤呈露著。有了那一樟樹，於是不復需要再蓋著汽車棚。由那裏去校外，是一條馬路經書院大門越一短橋直達獅山之下，更由獅山身畔左行，越一小山鎮，至一山谷，更盤旋而下，連結贛閩公路，回頭一看，始知車從半山來，書院藏於半山中，鵝湖峯則正在行雲過處。而我的住宅竟居深山猛虎之額，因爲墻壁色白，虎額亦復斑白。

我和峯頂寺的和尚，時有來往，他們像是對我很關心，有一天又對我說：「照地理（即風水）上看，住在虎頭峰，是十分不穩的，建造那住宅的人，只能把那當作別墅，最多住一兩天就跑了，如何能夠在那裏住家，家中又有老小？」我聽了這番話，笑了一笑。惟薄暮遠望，不免遐思，遐思入內，不免悵惘，悵惘之餘，竟覺無所憑藉，於是我便繞著我的住宅，三面作了竹籬，只前面因有招待所，便讓它敞開著，如此，我薄暮遠望，便不復似以前情景，我應用著造園科學上的墻垣之美和作用，竟似馴伏了一隻猛虎。

我作那圍墻，人家以爲我是怕偷盜或怕野獸，其實竹籬完全擋不住偷盜，在我在那裏過著的幾個冬天裏，老虎竟先後吃了我養著的三條狗。狗是在我的房門前被吃的，老虎越墻而至，狗見了老虎一聲不響地便被咬去。第二天我清晨起來，見了老虎足迹，才明白這狗被虎咬的經過，因爲下著雪，雪地足印特別清楚，老虎雪天覓食困難，便光顧到我的家園，但老虎也只能咬狗而去，畢竟不敢叩我的家門。

當山光曙色初現時，當天地間第一道光線到達我的窗前時，又當宇宙內第一道光線到達我的枕邊時，我在鵝湖虎山頭，總會爬起來。我起來看著籬邊的小草，我起來拂著棹椅上的灰塵，我有時立著，我有時坐著，我有時在廊前不停地來往踱著，我只一會兒就這樣的看見了全鵝湖的清晨，也就這樣的吸取了全鵝湖的清晨。我由虎山頭踏著石級跑下來，我像是健步如飛，我由虎山頭沿著石級跑下來，我也像了知一切。我記得印度的伏陀（Veda）經典曾經載著：「一切知具足於黎明中的清醒。」我在鵝湖中，鵝湖在黎明中，黎明又在清醒中，我如何不也像清明在躬呢？

每天清晨，除了星期天，假日和雨天，我總是在書院半月池前，面對著一道高墻下的院子裏，集合著我的學生，有時百餘人，有時七八百人，起初在一個御筆書寫著「斯文宗主」的石牌房之頂，高高升著國旗，隨後我便一一點著學生的姓名，在黎明的清醒中，點名也像是點醒，師生們的精神在那裏交流著，不由人不想起了今人，又想起了古人，同時想起了前賢，又想起了後賢。在我的觀念裏，世界上不會有更貴重的事物，較之鵝湖的黎明，較之鵝湖黎明中的清醒。但當我朝會後又再沿著石級緩緩上山時，因爲石級太多，便又感到吃力，感到疲憊了。

只不過吃力慣了，疲憊慣了，到後來也只剩下輕微的吃力和輕微的疲憊，鵝湖的清晨，會不斷的新生著精力，會不斷地解除著疲憊。尤其對於青年，尤其對於孩子，是如此有效：我的六個孩子，除了那一個尚未離開母胎的孩子以外，在那由虎山頭到達書院的石級上，上上下下，竟都像個飛毛腿，美國詩人梭羅說道：「黎明帶回了一個英雄時

代。」又說他在黎明中曾被一種微弱的吟聲，感動得像「聽到了讚美著名的金喇叭」，像「荷馬的一首安魂曲」，像「依莉亞得和奧德賽在空中歌詠著一己的憤怒與漂泊」（憤怒與漂泊俱荷馬史詩詩題）。這對一個青年和一個孩子而言，實在應該如此。

唐君毅先生在一個暑期中住在那裏時，便因爲石級的上下不便，索性坐在房裏，「文思安安」地寫著他的文章，任香菸頭燒毀著我的地板，他每每在夢中喊著天呀天呀，對於他，鵝湖的黎明，會帶回了一個什麼時代呢？要知自一位根本看不起時代的人看來，會帶回了一個什麼時代或帶去一個什麼時代，都是無關緊要的。

春天來到鵝湖裏，通常總是較他處爲遲，因爲鵝湖面北，而又在半山上，深山中，夏天清涼而春天卻冷。只是春天來到了鵝湖時，居住在虎山頭的人們，總不免從下面的招待所旁，折取桃枝一朵，摘入瓶中。我靜居書房內，這對於我，那眞有如昔日的因桃花悟道者之偈語，所謂「自從識得桃花後，三十年來更不疑」，桃花會使著鵝湖著了顏色，桃花也會使著春滿了虎山頭。

桃花是春天裏的事，桃花也是太平時節裏的事，於是什麼時代都像可以唾棄，只是太平的時代，卻不能不祈其早早到來。在夢寐裏，在虎山頭，我會夢著鳳鳥成了家禽，我還會夢著木蘭成了舟楫，一夜風雨，花落溪中，溪中成了激流，已不像是溪水。山泉如此，海浪可知，但在夢寐深深裏，在木蘭舟楫中，我竟夢到悠悠海上交頸而眠，待一醒時，黎明又到了虎山上。

14. 大元坑的旁晚

就鵝湖說，到達黎明的路，到達清明的路，到達清醒的路，那是簡單化的路，那是正面的路，那是花崗石又是蓮花的路，甘地說：「尋求眞理者心柔如蓮花，硬如花崗石。」這花崗石和蓮花在鵝湖都是滿了的。湖水裏有蓮花，我校農場，也栽植了不少的蓮花在稻田裏。花崗石，則鵝湖峯便由彼而成，而大元坑也遍地都是。在薄暮時，我總是常常獨自一人到大元坑裏去。那坑從仁壽寺右側進去，說是有十多華里長，其實走是不會走得盡的，不到十里處，茅草便合攏起來了。那裏有雙峯夾著一條路，那裏有天邊遠接一條溪，山花遍地，溪水長流，而且到處有白石可坐，青草可眠。

所謂雙峯，一個是象鼻山，一個就是虎山。所謂天邊，也可說就是那峯頂山上的太子廟，這是從大元坑的外口看。坑的外口，是有兩條溪，一條從象山鼻孔而出，一條從虎山山口而來，但到大元坑口，一會兒兩條溪水又會合在一起，仍是一溪。從象鼻山下進到大元坑裏面不遠，虎山就不再能夠看見，那時所謂雙峯，一條固然還是象鼻山，但另一側卻是龍山尾了。我薄暮散步大元坑，這象山龍山便伴著我，隨著我，間或也遇到三三兩兩行著的師生們。

大元坑裏也不是沒有人家，大元坑裏還不是沒有田野，而且那裏還有工廠，還有會堂，還有商店，還有傳說。工廠是紙廠，會堂是那幾十家紙廠的會所，白的粉墻障住了大元坑後的清山一片。商店是家豆腐店，傳說是在那一帶的人家裏，有一個美麗的孩子，曾經傾倒了以前書院裏的人們，時候是在民國，是在滿清，或是在宋明，卻不甚清楚。那裏的稻田可不少，菜圃也有，但都在龍山尾這一側，隔著一條溪水，渡過小橋，便是稻田或圃地的主人，主人們的房舍，主人們的房舍，除了由那會堂更進到坑裏面的人家以外，都是居住在象山這一側，象山很陡，懸崖很多，龍山則因爲是尾部，所以坡度和緩，崖石也少，便爲田野。

那田野裏的人家，是農人，更是做紙的工人，做的紙自然是土紙，但很白，學童練習大小字或是舊式商店學徒寫帳簿，都少不了這樣的紙，在九一八事變以前，那樣的紙，不僅銷售到漢口和上海，而且還輸送到天津和瀋陽。本來鉛山縣的紙就很有名，但鵝湖的紙，因爲大元坑裏那一股好水，宜於舊式造紙，所以也就銷路十分大，只是當我

到了鵝湖時，那大元坑裏的紙廠，就只有三兩家開著工，多少年來的戰爭，什麼都打垮了，何況薄薄的的一層紙？原是別有天地，別有山水，別有人家，別有財富的大元坑，這時是繁榮過後的蕭條，喧嘩之後的寂寞，惟對我薄暮閒行而言，卻別有一番情趣，而且，那一條水，對造紙而言，雖像是功成身退，但那一帶山，對學校而言，卻成了一個新大陸，我們正計畫在那兒開闢一個幾十萬畝的大林場，若干年後，就是辦鵝湖大學的經費，也不會成問題。

那樣一個寬敞的大元坑，試想坑口有多濶呢？兩山之間，除了流出了一條溪水，剩下的就是溪旁的一條山路。只是坑口溪流處，爲了鵝湖農田的水利，也築了一個水垻，因而滙成了一個長長水池，水深不能見底，但印著兩山倒影和坑口風光。人從山路去，先須來過虎山和龍山尾部間一條小溪，溪上架著小橋，再進便橫著小垻，兩溪會處是在垻下，垻上才是水池。眞正的坑口，是在水池旁，龍山尾。隨著山風，那裏儘可能從大元坑裏面吹來近處遠處的雞鳴和這邊那邊的犬吠。像這樣的地方，就眞的會蕭條了麼？像這樣的地方，就眞的會荒涼了麼？

在春天的時候，那裏到處是桃花，又到處是茶花，花逢濃處，跌落在清泉裏，自然是更加多起來。進到坑裏面，坐在白石上，眠在青草上，等著黃昏，迎著黃昏，懷抱著黃昏，終於趁著月色歸來，想想看，人間是怎樣的，世界是怎樣的？在大繁複裏，就眞的不要簡單化了嗎？在全反面裏，就眞的不要正面了嗎？「簡單化」是蓮花，「正面」是「花崗石」，這樣的意思，在薄暮閒行於鵝湖大元坑裏時，不就眞的很明白了、很清楚了嗎？

亞德拉士（Atlas）把天體星座負載起來，又有誰能夠把世界放在雙肩上？黃昏在大元坑裏是沉重的，人間在大元坑外是沉重的，說到世界，則在大元坑裏和大元坑外，都是沉重的。只是當月亮漸漸升起時，當明星漸稀又漸繁，漸繁又漸稀時，水光不同了，山色也不同了，山鳥之聲幾乎沒有了，風聲也兩樣了，花香頻頻來到，土的氣息，也頻頻來到。蟲聲和水聲相互夾雜著，大元坑裏的炊煙也不再升起，不再繚繞了。人在家中，是那樣的安靜，孩子們更是安息了，燈光一盞一盞的，犬吠一聲一聲的，一切是零零落落，一切是冷冷清清，山頭看到樹影，但再也分辨不出是什麼樹種，水邊看見花影，但再也分辨不出是什麼花枝，一切是遠了，但宇宙卻分明顯得離我更近，時代是更加生疏了，但歷史卻分明現出對我十分熟識。

夜來了，諸事反而分明，諸事反而清晰，在凡百不分辨中，反而更有了分辨，原是冷冷清清，但更自自在在，本來零零落落，卻更穆穆綿綿。於是萬分沉重的，也異樣輕

鬆了。白晝黃昏都一起「夜氣」化了，人間宇宙，都一起簡單化了。僵死了的，都成了活生生的，不好的也成了好的，恨也成了愛，苦也成了樂，煩惱也成了菩提，腐臭也成了神妙，所有反面，都成了正面，既是這樣，亞德拉士可以把天體星座負載起來，又有誰還不能夠把世界放在雙肩上？

我在鵝湖時，我每每於薄暮之際，閒行於大元坑裏，直到黃昏，直到黑夜。總是月亮升起，銀河裏的星星眨著眼時，我纔回到我的學校，我纔回到我的家室，我纔回到我的家園，我纔回到我那書院裏我那虎山頭。我這樣行著，已有了若干載，我這樣想也已有了若干年。歲月是這樣的過去，有時我也携著孩兒到大元坑裏，但那卻不在黃昏，孩子們是要戲著兩山間的溪水的，孩子們是要攀援著兩山間的枯藤的，我不能帶著他們薄暮行走。歲月是這樣的過去，我有時也帶著學校裏的學生，甚或隨著學校裏的先生到大元坑裏去，但卻不在黑夜，學生們須要辨識著那兩山間的樹石，學生們是須辨識著那兩山間的花草。他們是須要白晝。

說到先生們，我隨著他們行走，總是爲了言談，爲了欣賞，彼此欣賞著一個大元坑，就像彼此欣賞著一個天地，彼此談論著一個大元坑，就像彼此談論著一個世界，大家可以樂意，大家可以忘形，但大家卻不可以一同「思想」，因之，大家便須要彼此看到彼此的面目；因之，大家便須要彼此看到彼此的行徑，在黑夜裏，彼此伏著案頭，是可以的；在黑夜裏，一同山間行走，除非爲了壯膽，否則便不須要。

鵝湖有的是蓮花，大元坑有的是花崗石，花崗石的而又是蓮花的路，正面的而又是簡單化的路，乃係到達清醒的路，到達清明的路，到達黎明的路，只不過像我這樣中心淒楚，憂患多端而又資質魯鈍十分平凡的中年人，在到達花崗石的而又是蓮花的路之先，在到達正面的而又是簡單化了的路之前，卻分明獨自走了無數黃昏的路，和無數黑夜的路，黃昏的路是徬徨的路，黑夜的路是摸索的路。

在大元坑裏，我徬徨，我摸索，我躊躅於流水聲傍，我朦朧於百花叢裡，但終於一身輕快，一切輕快，亞德拉士可以把天體星座負載起來，我也像夢寐似的一剎那似的能夠把世界放在雙肩上。這並不是我個人如此，凡是在大元坑裏薄暮閒行直至深夜的人們，只要能夠思想，只要能夠感觸，就會有這種思想，就會有這種感觸。

15. 獅山、王子、教師

大元坑的溪水會合著虎山右側流下的溪水，成了鵝湖溪。在鵝湖溪未成時，虎山側的溪水，還算是大義泉。那是由羅漢塘養公池，流過畢敬橋濯纓橋，更經一片山頂水田中，至捨身崖畔，成瀑布泉，到巨測深淵後，復經無數曲折，始出虎山之水。此水並有一旁支入仁壽寺，轉入鵝湖書院的半月池，我學校和我家就是喝那股水。但校門口之馬路旁有一古井，井中水冬溫夏涼，我們也並而喝之。鵝湖山下為什麼稻粱肥呢？這除了由於那一帶的田土特富有機質以外，就全靠有那鵝湖溪中的一股終年潺潺流著的水。

鵝湖溪的溪床，是一大弧形，像一把弓。由鵝湖溪的入口到鵝湖橋的出口處，有一條不很直的行人道，但也像那弓的弦。而獅山之首，卻在那一道旁，並在弦的中段，只是獅首遇弓弦，又把頭偏右轉過來，這便和虎山頭正對著。獅背很平，是一伏獅，所以爬上去並不困難。我學校裏師生清晨和傍晚在獅背上行走的特別多，以前訓練團據說還有意思在那裏開闢一個鵝湖公園，其實整個鵝湖就可說是一個美國現在流行的所謂「國立公園」。在獅背上劃幾劃，把原有的樹木去除一部分，栽點花草，作成目前我國城市中不三不四的所謂西式、實即「整形」式的公園，原可不必。幸而沒有動手，仍讓獅山成了一個完整無恙的獅山。

獅山最妙的地方是在那身雖伏而首仍昂的獅首，人一登其上，就會另具備著一種氣概，但由那裏再俯視著書院的全景，又不由人不沉潛起來。一方面全是天資，才華畢露，一方面全是性情，聲臭俱無，宇宙在那裏劃分著，太極也就分明了。當地宰相費宏在明朝書院一度荒蕪時，曾題〈鵝湖詩〉一律云：

一從太極分明後，荒徑鉏茅見講堂，自古乾坤惟此理，至今山水有餘光，
庭空蔓草憑誰薙，澗滿沓蘋欲自將，冠蓋追尋恨遲暮，卻愁猿鶴笑人忙。

書院成了「理世界」，山水在那裏放著光，龍虎獅象盤旋於屋前屋後，屋左屋右，竟都像不得其門而入，只好昂首望著，側耳聽著，眞是「有眼可看的都請看著，有耳可聽的都請聽著」。

在童話裏，獅子常常伴著王子，當我有時偕著我學校裏的學生走上獅山時，我常環顧獅山的周遭，對學生們指點著這裏，又指點著那裏，較之在教室，我在獅山之上，更像一個教師。我回憶起印度的一個王子的傳說，說是：「有一個王子，小時候就被奸臣趕出了宮門，流浪在外，幸而遇到一個樵夫，把他撫育成人，在印度，樵夫算是賤民階級，於是那王子也以爲他自己是屬於賤民階段，後來國王的部下找到了那個王子，把他接回去，並把他出身原本是一個王子的事告訴他，這纔使他了然於他自己是個王子，不是屬於賤民階級。」要知在人性裏，每一個人都是王子，誰也是高貴的，從來就不會是屬於賤民階段，但這如一個印度哲學家所說：「爲了所處的環境，自己的靈魂竟誤解了自己的性格，不得不賴神聖的教師，把眞相對他說明，給他顯示，讓他知道他原是布拉麻（Brame，精神的，聖神的意思）。」現在這一批王子都不斷的走上獅山上，會那裏有著神聖的教師給他們顯示著眞相呢？我好像是一個教師，其實我哪裏能夠成爲一個教師呢？我在獅山上望望書院，我又在書院內望望書院，山川之美，才質之美，性情之美啊！《峯頂志》裏載著一首署名丁璣的詩，也是題著鵝湖的，詩爲：

野寺東偏舊講堂，堂空人去草蒼蒼，微言已共斷碑沒，吾道也如狐徑荒，事跡人名留宇宙，水光山色自虞黃，眼前太極昭融處，看取當時心未亡。

現在是眞正什麼都不成問題，問題是在偉大的教師，神聖的教師。我在獅子山頭，看到了鵝湖的春，看到了鵝湖的夏，又看到了鵝湖的秋，看到了鵝湖的冬。鵝湖的冬是特別長，那裏的雪是特別厚，在霏霏雨雪裏，紅梅的姿態，大有不同，山泉的皎潔，也大有不同。鵝湖的秋是：風呼呼地，吹著水，更加綠，吹著稻子，十分黃，伊人秋水，連山色也是蒼蒼了，有時，風更蕭蕭，更顯出鵝湖的天高地厚。鵝湖的夏，從獅子山頭一望，竟全部像落在鵝湖橋邊，那裏有沙灘，那裏有激流，激流滙處有深潭，深潭之上有古木，隱隱飛橋，全是石砌，橋之一側，更有人家，水是清涼的，石是清涼的，古木是清涼的，人家也是清涼的。我校師生們，在夏天裏，總到那裏去。

說到鵝湖之春，從獅山一望，雖是瀰天蓋地，但書院把它深藏著，寺廟把它深藏著，大元坑把它深藏著，鵝湖橋頭的人家也把它深藏著，只不過到頭來，春還是從鵝湖的各個山峯透出來，春還是從鵝湖的每一山澗流露著。這春夏秋冬，可以說就是鵝湖山的四時之教，只不過偉大的教師卻不見了，神聖的教師卻不回了，「堂空人去」，「微言碑沒」，分明此道已荒，只不過「當時之心」，亦是此時之心，當時之心未亡，此時之心，又如何能沒？

因爲每日清晨點名的緣故，我校的學生都被我認得清楚，當我在獅山山頭時，只要望下面一看，於是在獅山下面馬路上行走的學生，我也可以叫出他們的姓名。有一次我看到一個學生獨自在獅山下的馬路徘徊著，面有愁容，我知道那學生是徐君，他是湖北人，他很「眞」，又有一股「勁」，更有一副楚人的骨骼，很是厚重，他的相貌是相當粗，分明是農家的子弟，不像時下的學生，只是他實在有他的動人處，有點「奇特」，而看來很「笨」，一點不靈。我知道他很多「感覺」，這時他現得發愁，我便由獅山下來，找他問著，他久久不說話，最後他說他要退學，但又不肯說出退學的原因，終於他退了學，並且轉入了軍隊，這對我，眞像走失了一個「王子」，在獅山之下，走失了一個「王子」。

當一個人想起了「神聖的教師」時，總不免也想起了學生。還有兩位在以後走失了的學生，我更要聯帶想起，有一個是蕭君，他和一位教授吵鬧著，甚是無理，便經教授們議決著要我迫令他退學，在教授治校的原則下，我只能令他退學，但他卻無處可走，我又只得讓他去到我的老家，和我的母親暫時同住著。那時我的大姊和她一個僅有的男孩也住在我母親處，我母親已吃了四十一年的素食，我的大姊是五十歲的寡婦，姊夫以前是在鵝湖師範畢業的，三十九歲時便害肺病死了。我姊一生苦極，惟一的希望是寄託在那尚在小學讀書的孩子。有一天這蕭君竟把熱粥半碗傾在這孩子的臉上，我母與我姊爲這事一起痛哭，並咒罵著我，但我也終於這樣走失了一個學生。

又有一位是楊君，那是我在鵝湖時，最後走失了的一個，他原是從軍青年，後來考入了我的學校，他是皖北人，我看他是十分忠誠，但在同學中，他卻不能協調。有一次，他犯了一個嚴重的過失，同學們一致認爲有礙校譽，要我開除，我責罵著他們爲了校譽失了一個同學，不一定是個好辦法，而且又有誰能說他的一舉一動，都有增校譽呢？只是爲了「學生自治」是我訂下的一個大原則，楊同學自己不願再在鵝湖，我終於設法讓他轉入另一個學校，並由我資助著他，從此他便離開我，我便失掉他。

爲了「教授治校」，我走失了一個學生，爲了「學生自治」，我又走失了一個學生，這兩個學生雖然不像上述的一個學生，是很健康地自動地走失著，但正因爲是欠健康、欠自動地走失，所以對我，更像是走失了「王子」。我雖失了童心，但仍愛著童話，在獅子山，總想到王子，而一想到「王子」，便又想到了「神聖的教師」。學佛學道的人，總要「降龍伏虎」，但我們的想望，則只是指引著「獅子」，指點著「王子」。我早晚天氣晴和時，總不免跑到獅子山頭，我春夏秋冬，都不免如此，我校的師

生們，也總和我一模一樣，樂意去到獅子山頭跑一跑，瞧一瞧。對著書院，獅子眞像是馴服著，但對王子的迷途點醒，是有待於人的，對王子的「眞相顯示」，是有待於人的。到達獅子山頭的路，也是簡單化的路，也是正面的路，也是花崗石的又是蓮花的路，這是教師的路，這是「神聖的教師」的路，這是一條在鵝湖境內應有的路，能有的路和必有的路，這是朱陸的路，這是儒者的路。

16. 太子廟、土俑、亡友

說到「王子」，鵝湖還有一個太子廟哩。

太子廟可以從大元坑口看得清楚，但從更遠的地方也可以看得到，它比峯頂寺更高，但是小得多，也是峯頂寺的一個附屬廟，廟裏只有一個和尙看守，是由峯頂寺派來的。裏面原來還有一個坐關的和尙，後來這坐關的和尙因爲坐不耐煩，著了魔，便逃走了。所謂坐關，是一個和尙，爲了要成道，自願關在一個房子裏，外面讓人封釘起來，只開一個窗口，讓人送著茶飯，有的這樣坐三年，有的這樣坐五年。茶飯的供應，還有施主，這施主多是有錢有勢的信佛人，坐關的成了道，施主也大有好處，所以施主會從旁鼓勵並堅守著那一坐關的人，督促著他一心唸佛，一心看經，一心成道，如果不耐寂寞，胡思亂想，耐不住，要破關而出，那便是著了魔，抓到了要處罰，所以就逃了，這是佛門的一樁嚴肅的事，也是佛門一件趣事。

我在鵝湖時，常常和我的一個留法同學，也是我學校裏的教授彭友賢先生到那裏，那裏有一株似杉似柏之樹，我初以為是水松，以後仔細觀察，實和水松有別，最後再加以鑒別，我便十分驚異，因為如實看來，當為水杉，水杉係我國特產，乃水杉科（Metasequoia Ceae Huet Cbeng）水杉屬（Meta Sequoia Mi Ki）。此屬之生存種，現今世界上只有一種，這就是我所見到的水杉，這是與銀杏一樣，實為地史前世界僅有之遺物。民國三十四年，川鄂邊境也發現了它，初亦以為水松，後由胡先驌、鄭萬鈞二氏詳加研究，遂成立新科新屬及新種，現世界只發現同屬之化石植物凡十種，分佈於格林蘭、北美、日本及我國，因其形似杉類而喜生水邊，故被稱為水杉。

水杉親緣與北美之世界爺樹（Sequoia）甚為相近，世界爺樹也是地史前世界之遺物，乃世界壽命最長之巨木。只是水杉喜生水邊，而太子廟則在高山上，並不在水邊，同時在鵝湖山一帶我也並未再找到第三株，如其是原生在鵝湖，便應該像川鄂邊境一樣，水杉不只是一株，我對此事頗為惶惑，但據同事徐君說，他曾有一次陪胡先驌氏到了那裏，也說是水杉。那時是暑期，我不在鵝湖，故未能當面論及此事。一樹之徵，認識不易，奇蹟遍在，惟待解人。

太子廟前，有一小土地廟，奇怪的是這土地公公和土地婆婆都跪在土地廟的門前，

太子廟的看守和尚解釋說；「太子是明朝的太子，曾經一個人秘密地逃到這裏出了家，後來被朝廷找到了，又把他迎接回朝，土地菩薩當他回朝時便雙雙跪送著，但太子卻沒有回頭一看，叫土地公婆起來，因之他們一直就沒有起來。」看守和尚又說著：「太子還是癩痢頭。」於是他指著太子廟裏佛像旁端端正正站立的太子塑像，果然太子是癩痢頭。彭先生是圖案美術專家又是陶瓷專家，他以前在景德鎮陶瓷改良局所設計改良的瓷器，曾獲得了國際上的很好的聲譽，只是辦行政的人，卻有意掩蓋著他的功績，抗戰勝利時，他有套自製瓷器和他弟弟所畫的百鴿圖一併由政府送贈給杜魯門，表現了中國的藝術正反映於勝利中。

只是一會兒，彭先生卻不再從事著陶瓷的製作，也不再從事著圖案美術的研究了，他帶著他的夫人和僅有的一個小女孩，跑來了鵝湖，他說他愛好著鵝湖，他說他要幫忙著我辦學校，他又說：他要著作著一部書，書名叫做《太平經緯》，他像畫圖案似的，畫了一張太平經緯的表，只是遲遲終未成書，他說他要致力於倫理學的研究。他常和我一道，盡情領略著太子廟一帶的山光雲影，又縱觀著太子廟前面對著的信水靈山之勝，他回看著太子廟旁土地廟門之跪著的土地像，他於看了又看之後，終於斷言著，那就是出了土的殉葬用的土俑，那土俑的年代十分久，必然是附近的古墓，因年久毀壞了，土倆被人看見，便附會著是土地公婆在跪送著太子的行。

彭先生爲了從事陶瓷的改良，曾做了不少地下發掘的工作，柴世宗的「雨過天晴雲破處，者般顏色捉將來」的「雨過天青」的瓷釉，原本失了傳，但彭先生從發掘著的無數瓷片中，研究出並恢復了那一種古瓷釉的製法，終於重造了雨過天青瓷。他這一對太子廟旁之土地公婆的判斷是很確實的，但我們對太子廟裏的癩痢太子，卻迄未找出是明代什麼人？當我們聽到唐君毅兄會同當代最大的史學家錢穆先生將臨鵝湖的消息時，他也似乎在私心慶幸著這鵝湖太子的問題，會一定被錢先生解答出來，連帶許多環繞於鵝湖的與歷史文化有關的問題，也將被解決著，這當是一個絕大的貢獻了。

只是錢先生始終沒有到鵝湖去，而彭先生卻於我離開鵝湖不久，竟永離了鵝湖，又永伴著鵝湖了。他害著腎結核病，左右的腎都失了作用，因而中毒身死，死前自己洗了一個澡，理了一次髮，焚了一炷香，明明白白，清清楚楚地，知道自己的死，他的妻女哭泣著，全校的師生哭泣著，全鵝湖的居民也幾乎哭泣著，只有我，在近一年後，於獲此消息時，才能爲失去了一位教師，又爲失去一位偉大的教師，並爲失去了一位「神聖的教師」，而臨風一哭，而遙遠一哭，不復能在棺前，也似不復能在墓前，更何由能在臨終之際，一敘濶別呢？

他的棺木，據說最初是停在仁壽寺，仁壽寺是在鵝湖書院之右側，是在朱陸之右側，他的棺木後來據說還運到了他的老家餘干，就是明儒胡敬齋的家鄉，他一生最欽敬胡敬齋，他的祖父也一生崇敬著胡敬齋，並著有《大學釋言》一巨著而未問世，他的大哥，初敬胡敬齋，後入共產黨，終為共產黨所殺，但最終又被共產黨稱為烈士，他的弟弟是天才畫家，現則不知去向，他的妻子也不知去向，茫茫人海，誰知去向？一樹之微，認識不易，一人之大，認識何由？太子廟前的水杉如何？太子廟旁的土俑如何？

土俑偶然殉著葬，出著土，水杉偶然出現在鵝湖境，我偶然識得彭先生，但彭先生果也偶然於暴風雨正來時，就安然逝去了，而不留一言，不嘆一氣麼？土俑被當成了土地，水杉被當成了奇蹟，但彭先生卻從此只能在雲間，在夢裏，在人的心中，而被當成一縷煙，一個影子，但究竟是一個靈魂，一個偉大的靈魂，一個神聖的靈魂啊！這是每個人所應有的，這更是每一個「教師」所應有的，這尤其是每一個偉大的「神聖的教師」所應當有的！

據說彭先生在呼吸著他最後一口氣時，鵝湖一下子有了兩方面的軍隊在作著戰，但又一下子，這兩方面的軍隊又彼此認識著正是同屬一個方面的。在他們是誤解，但在鵝湖卻是振古以來的大亂，彭先生那時候自然一切是清楚的明白的，但他的家人卻還對他謊言著：子彈聲是爆竹響，變亂是喜慶。果眞如此，死亡又算得是什麼？苦難又算得是什麼？流離顚沛又算得是什麼？果眞如此，彭先生臨死時也就眞可不留一言，不嘆一氣了。及今思之，鵝湖太子廟前之遊，不可復得，鵝湖太子廟前之同遊，更不可復有。

太子出家，太子回廟，眞相如何？誰與商酌？這些也都可不必復問了。只是指引著獅子，指點著王子，如印度哲人所言，總得要追慕著一位「神聖的教師」啊！而歷史的尊嚴，文化的尊嚴，人類的尊嚴，這一切的表白，也終於要百世以俟著一位「神聖的教師」啊！千年之上，我知道有著「神聖的教師」在鵝湖，千年之下，我追慕著神聖的教師在鵝湖。

17. 鵝湖境

峯頂寺有德延禪師者，人家問他說：

「如何是鵝湖境？」

他回答道：

「一泓湖水春來綠，數隻仙鵝天外歸。」

人家又問他說：

「如何是境中人？」

他復應道：

「松聲來客座，山翠上人衣。」

至慧林郛禪師時，人家又問他道：

「如何是鵝湖境？」

他卻說著：

「面北風高難著眼，屋前松老幻如龍。」

這裏分明是有兩個鵝湖境，第一個鵝湖境是「一泓湖水春來綠，數隻仙鵝天外歸」。第二個鵝湖境是「面北風高難著眼，屋前松老幻如龍」。這第一個鵝湖境，會就是第一次的鵝湖境，那是仙鵝飛去了又飛回。這第二個鵝湖境，會就是第二次的鵝湖境，那是仙鵝飛回了還不一定就飛去。

這裏也分明是兩樣的境中人，第一樣的境中人是「松聲來客座，山翠上人衣。」第二樣的境中人，則是根本就沒有問，不用問，也根本就沒有答，不用答。其實這第一樣的境中人，會就是第一回的境中人，那人會正如美國哲人梭羅在森林中華爾敦湖濱的想像，是能夠放棄了許多事情，不覺得可怕便成了十分富有，對於他，風景儘可「賞心悅目，有如帝王，誰也不能禁止他，或說他是猖狂」。第一回的境中人，自然會有著第一次的境界，但這卻一千年過去，又一千年的過去著。時移境遷，那第二樣的境中人，便又會是第二回的境中人。那是一千年的回來，又一千年的回來了，在那裏「屋前松老」，屋內也儘有鳥雀巢居，哈里凡沙（Harivansa）說得好：「沒有鳥雀作著巢居住著的房屋，是會像變得腐敗了的一塊壞肉。」可見在那裏，一切還不會不新鮮，一切還

不會不耐人尋味，一切還不會不耐人思索。更何況「面北風高」，著眼困難，著手卻十分容易呢？所以這第二回的境中人，自然也會有著第二次的境界，只一千年的不斷過去，又一千年的不斷回來，到我在鵝湖時，卻分明已走到了第三次的鵝湖境，並已成了第三回的境中人。但究竟「如何是鵝湖境？」究竟「如何是境中人？」我卻只能自問自答了。

鵝胡因一姓龔的隱士育鵝飛天而得名，於是流俗傳言，說這姓龔的，就是做著〈鵝湖吟〉的龔斅，那〈鵝湖吟〉是：

疊嶂雄開野水濱，白雲生處少風塵，丹崖翠壁偏宜曉，竹塢桃溪總是春，
靄靄稻粱秋社節，陰陰桑柘晚歸人，煙嵐草樹眞如畫，一幅丹青萬古新。

這俗傳龔斅養鵝的事，在《峯頂志》裏也已辭闢其妄，其實在鵝湖養鵝的會有無數的人，姓龔的，不必就是龔斅，而且還不必就是姓龔的。

只不過，正如龔斅的〈鵝湖吟〉，那「野水濱」的境界，是鵝湖境，會是眞的，那「少風塵」的境界，是鵝湖境，也會是眞的。那「偏宜曉」、「說是春」的境界，是

鵝湖境，更會是眞的。那「眞如畫」、「萬古新」的境界，是鵝湖境，還會是眞的。此外，如下所述，會都是鵝湖境，或曾經是鵝湖境：

「千華塔勢望晴空，六和鴻濛漲溟渤」（吳樵句）

「長松夾道搖蒼煙，十里絕似靈隱前」（喻良能句）

「石塵至今空臥草，金鵝終不再銜花」（白玉蟾句）

「十里蒼松對寺門，四圍翠滴露紛紛」（薩天錫句）

「一天雲氣從龍起，滿地松陰盡日閒」（王翰句）

「萬松參嶺路，千畝勸春耕，不復紅鵝下，空遺碧澗橫！」（洪炎詩）

「萬井煙光浮近堞，半山松韻離疏鐘」（費堯年句）

「亂峰晴冒雪，交水暮蒸雲，石象空遺迹，湖鵝尚作群」（李夢陽句）

「山藏古剎勢嵯峨，碑自隋唐石半磨」（費堯年句）

「煙嵐封錫仗，鐘磬度松雲」（杜夏卿句）

「青山新般若，白草古彌陀」（馬成學句）

於此，如再問：「如何是境中人？」則如下所述，都是境中人，或則都會是境中人：

「曾聞馬祖一枝來……老松得彩發枯荄」（劉崇慶句）

「折葦爲航江已空，金輪鐵棒住氤氳，不知我，不知君，文虎且伏鹿且群」（王祚昌句）

「杖錫梵僧空脫塔，浴鵝仙客久飛凫」（高爲阜句）

「老禪天人師，領略傾九州，初開選佛場，坐斷群峯頭，當時江東西，海納吞眾流」（葉夢得詩）

「昔賢論道處，松柏深且幽，鴻飛渺滄海，龍去空靈秋」（宋濂句）

「夜宿鵝湖寺，槁葉投客床，寒燈照不寐，撫枕慨以慷」（陸游句）

這以上對鵝湖境與境中人的說法，又何只千年？又何只萬種？只不過這鵝湖境和境中人，當我在鵝湖時，在我心中腦中，轉來轉去的，總不外是：

自然的純樸，人間的純樸，人物的純樸，和農村的純樸啊！

18. 三株古松

大義禪師手植下三株羅漢松，在峯頂寺大門前一個池塘的彼岸，三株樹都活到而今，而且總要繼續活下去，只是有兩株較高大，一株較低。我在鵝湖，跑到峯頂時，見到了寺裏的和尙，我道一聲「好好好」，他們說一聲「阿彌陀佛」，他們總要邀我到寺裏去，好在那面臨池子的寺樓中，飲著茶。但我總是跑到那三株古樹下，池塘映著樹影，樹影倒入雲中，那樣的枝，那樣的葉，更那樣的樹幹，實在使我見之肅然：枝、槎枒得肅然，幹，孤直得肅然。還有根，因爲大老，大地掩藏不了，伸張出來，比什麼都有力量。

自然的純樸，落到一草一木。一草一木的純樸，落到一枝一葉。但終又落到主幹，手觸著，就「東東」作響時，這已成了時間的奇蹟，更何況再落到潛伏不了的根上？根的純樸是至高的純樸，也是至善的純樸。純樸就是力量。自然的純樸，會落到根土，那一方面是宇宙的秘密，但一方面也是開花結實，顯示著一切，孕育著一切的由來，因爲一切落根落土，再求出土伸張，便會是「萬化歸身，宇宙在手」。樹木的美，根是第一，幹是第二，枝是第三，葉是第四，花已成了下乘，只是拈花一笑處，一葉一菩提，一花一世界，一轉之間，那是由土而生，由根而至，由眞誠作著主宰，由純樸做著家當，於是在宇宙人間，花葉的呈現，又復高高在上，成了上著，惟此又當別論。

總之純樸是力量，那寺前池畔裏山間的三株古樹，實是「自然的純樸」之全身，從大義禪師到現在，已近一千年，可是一千年算得什麼？「時間」是一隻野馬，那三株古樹已繫住了馴伏了時間的野馬。那池塘的彼岸，對那三株古樹的不斷生長，似乎場面很窄，只是場面很窄又算得什麼？天地從來就很寬，場面是一個水晶球，裏面越小，外面越大，古樹的根，伸過池塘，伸出山嶺，便是一個世界，又一個世界了。「面北風高」依然碧綠，來春風好，亦不繁華，三株古樹，年年池上，歲歲天邊，只是如此，從來沒有兩樣的葉，兩樣的枝，兩樣的幹，兩樣的根，又哪裏會有兩樣的心情，兩樣的顏色呢？

我有時會在那三株古樹下，邀遊著整整一日，直到太陽不在山頭。

我有時會在那三株古樹下，和朋友們閒談著，談到千秋，又談到一時。只不談上，

也不談下，因爲都不過是平常的談話，同時，因爲是平常，所以就沒有休止，沒有休止的談話，就是平常的談話。

我有時會在那三株古樹下，坐臥著，直到斜風細雨的停息，儘管寺僧頻頻招手，要我入寺稍休，但我終不理會，他們也就笑笑進到裏面去。在那古樹下，細細觀看著池魚，那是看到了一個「無限」，又是看到一個「永恆」，在斜風細雨裏常常是池魚的一躍，和池魚一躍後所形成的池上波紋，一圈一圈地直到池岸。這一躍的當下，會就是「永恆」，這一圈一圈的擴展，會就是「無限」，人生活在無限和永恆裏，魚也是生活在無限和永恆裏。人的居室，須要窗子，這一方面表示著需要空氣，但一方面也是表示著不願生活在居室的有限裏。

人的世界，需要古蹟，這一方面表示著是愛好時光，但一方面也是表示著不能生活在人世的幻變裏。回頭看看魚在斜風細雨中的一躍，不也就是在追慕著池上天空中的無限，和水上風飀處的永恆麼？於此領悟著歷史的尊嚴，文化的尊嚴，人類的尊嚴後，也就應領會萬物的尊嚴了。我在那三株古樹下坐臥著，在斜風細雨裏，更儘多這樣的遐想，因之不忍捨離，委實無奈。

我的父親小時在鵝湖讀書，自然更親近了那三株古樹，憑了他一己近八十年的風霜經歷，自然更可以想像到那三株古樹的經歷，絕不會像我這樣不肖的孩兒，竟老是像在人間飄忽，常不免震撼於時代的風波。老樹是近千年如一日，老父是近八十年如一日，而時代卻老是一日一樣，一時一樣，甚至一秒鐘一個樣子，那是風，吹來吹去，那是浪，後先相逐。於此而領悟著古樹在風聲裏，老人在波濤上屹立不動的心情，爲人子者，會有如何的感覺，眞是無可言宣。

我的母親當我的老家被第三度焚毁時，到了鵝湖，和她的兒媳們同住了一月，又曾到峯頂禪院禮佛一次，順便在那三株古樹下，停息了一會。她只說了一聲，那是「一個好所在」，這眞像她是吃了四十年長素後的第一次的表白，當她所居住著的家鄉中的房屋被日本人焚毁以後，又經她親自辛辛苦苦地設法重建著，卻纔建好了，因鄰居失火，重被焚毁。父親不太理家事，這時母親因無家事可理，便被我接到了鵝湖，但當她禪院禮佛，樹下停息，唸了一聲「好所在」之餘，她又念著老家了，她不能忘了家事，不能忘了佛事，她只是要回去，家中連門壁都沒有，她也要回去，她生活著的世界，會正如那三株古樹所生活著的世界，會正是那三株古樹所生活著的世界一樣，那究竟會是怎樣的一個世界，我至今都未能明白，在她，家事就是一切，佛事就是一切，但家在何處？佛在何方？她卻不問。

她以七十多歲的高齡，絕不願和她親生的兒女，共享一刻的安樂。朋友們總以爲我能較一般人吃得苦，耐得勞，但對著她，我眞覺得我實在是一個膏粱子弟，遊手好閒。那三株古樹下，原曾有池邊小草，在冬日也滋榮，但這只是由於那古樹梢頭的枝葉，擋住了風雪，而未覺風寒。滋榮只是「自然的純樸」裏的滋榮，小草是幸而獲得了古樹的庇撫。讓那三株古樹作成「自然的純樸」的全身，就不能不讓我母表白了「何謂人間的純樸？」她指著那古樹下說是個好所在，這應該是「人間的純樸」對著「自然的純樸」所自然流露著的言辭，試想，我在這樣的言辭之流露處，又如何能捨能忘？

純樸裏有著力量，純樸裏更有著天性，人對全宇宙的豐盈或對天地的贈與，能無取無受，或於無可如何處，十分必要時，少取少受，這就是純樸。享受總是消耗，能無消耗，或少消耗，從而還能對宇宙有所增益，對天地還能有所捐獻，這是純樸的第一義，至無求於人、無取於人或無求於世、無取於世，這還是第二義的純樸。認取純樸，認取自然的純樸，認取人間的純樸，在古樹下，對小草而言，在父母前，對兒女而言，這都是必要的！在古樹下，對壓傷了的蘆葦，不要折斷，這是純樸。在父母前，對點殘了的燈火，不要吹滅，這是純樸。同時，讓「兒女們先喫飽，不好拿兒女的餅丟給狗喫」，這也是純樸。而讓「狗在桌子底下，也喫孩子們的碎渣兒」，這還是純樸。

我在鵝湖時，我常到那三株古樹下，左思右想，想著古往今來，想著上天下地，雖然談著是平常得言語，但想的總是如此無際無邊，風在那三株古樹之巔吹過，雲在那三株古樹之頂飄來，太陽在那三株古樹之梢西沉，月亮在那三株古樹之側升起，但那三株古樹終於不識風雲，不知歲月。我從那樹底下，悄悄離開，那樹的四周，卻沙沙作響，這如何能不使我留連，這如何能不令我懷想？

19. 老僧和崖洞

由那三株古樹，經畢敬橋，濯纓橋，繞過捨身崖而下，在半途中，有一小徑右轉，下去也是極深的巨壑，不料那崖邊竟有一石洞，洞裏還有一老僧。這老僧住在洞裏，衣履不全，鋪蓋也十分單薄，只風和日麗時，在洞口晒一會太陽取暖，平時都捲伏在洞中。峯頂寺內每天供應著他一鉢飯，由他自去領取，順帶在澗邊取一盂冷水，止飢並行止渴。我問他爲什麼不住寺裏，他說他不願常見他們，我問寺僧爲何不容那老僧住寺內，他們說：「他原住廟宇內，但有兩次他睡在乾柴上，要引火自焚，險些焚了整個廟宇。」

那洞裏的老僧，已經年在七十以上，鬚眉皆已銀白，飄飄然確像一意修行，不像瘋子。我眞覺得稀奇，我曾獨自訪問他多次，我的孩子也偷偷去過他那洞裏，洞裏的老僧是如此慈祥，他的筋骨又如此耐得風寒，我問他爲何引火自焚，他說他是要見佛祖，我送了他一點錢，他說：「也好，我可以買點香燭。」入冬大雪，我著人送了他一床棉被，到第二年春天，我還見了他，但以後我就不曾見到他了。我學校裏的師生都很少注意這老僧的事體，我也沒有把這事宣揚，怕打擾了那洞中的清靜。老僧言語甚少，我也不便有所追詢，只是他蕭然自得，對一己所行，則斷然無疑，我是可以看得出的，他覺得寺裏比人間好得多，而洞裏又比寺裏更好，他一切放下了，在他沒有放下的，只是那剩下的一副骨骼，他要把他那一副骨骼放在乾柴上，也像燒乾柴一樣地燒了去。這又會是怎樣的一副心情呢？

一個人可以在辛勤憂患裏，識取孔子。一個人可以在苦難災難裏，識取耶穌。一個人可以在煩惱悲慘裏，識取佛祖。一個人可以在飲食男女裏，識取蒼生。但有誰能從什麼什麼處識取這洞中的老者？只一口咬定他是一個瘋瘋癲癲的老僧，這又如何能洞達人中的奧秘呢？

就是那崖洞也是夠人懷念的。崖洞旁有一股小小泉水，隨著山梗流下，洞僧乃以一竹竿，削成半邊，把這泉水接引到一個可以積儲的地方，成了一股小小的澗水。我發現那一崖洞，是因為在山頭上，遠遠看見那一個竹竿橫懸在那裏。當我由那三株古樹下來時，便由那竹竿處見一小徑，小得只能供一人攀援著行走，稍一失足，便會墮入那一巨

壑中，粉身碎骨。我眞不知道我的孩子爲何也偷偷地由那一小徑去到崖洞，爲此我曾嚴厲地斥責了他們，禁止他們下次再去。

崖洞左上一側，就是虎山的最上端，那是虎山高聳著的臀部，虎尾斜捲，像聯接著龍山的一側，但從虎尾並不能渡到龍山，因爲那裏隔著一個斷崖，其深不能見底，只可聽到那谷裏面的風聲和水聲，從谷底茅草中傳出來。崖洞的右上一側，就是捨身崖，但從崖洞不能跑到捨身崖，因爲還隔著一個在那崖洞右側底下的小山峯，正對崖洞的一座大山，是由那太子廟下來的龍山的末尾一段，龍山很長，曲曲折折，在崖洞前，只能見尾，不能見首。但由崖洞也絕對不能渡到龍山尾，因爲在崖洞與龍山尾段之間，就是那一巨壑，巨壑起自捨身崖旁之瀑布泉直下處，經過無數轉折，才獲於虎山口仁壽寺之右側，找到一個出口，讓瀑布泉，亦即大義泉在那裏和大元坑的好水合流著，灌溉了全鵝湖的農田，並由鵝湖橋下，千迴百轉地流到了信江，以至鄱陽湖，以至東海，眞有如白沙所謂「到海觀會同，乾坤誰眼碧」之概。

在那巨壑裏，綠水於崖洞下橫流而過，有時可以看到，有時又無法看到，但風聲水聲，則無時不可以聽得到。壑內草木太盛，水道曲折又太多，所以大義泉，由捨身崖畔直下成一瀑布後，就若隱若現了，這使壑內有著無窮妙趣，這也使壑內充滿了靈機。春天到了時，滿山滿谷是杜鵑，又有無數的茶子花，在山腰在山麓。在崖洞前如眞能有人一笑，則在此山中，花益妍益麗，又何待言？我在那峯頂山頭四顧，像是可以看到天地之外，但當我在崖洞前向下俯視時，我又像見到了天地的核心，在那巨壑中，在那一靈機百轉的碧澗裏。我由山頭到山洞，有時是急急行來。但有時也折得杜鵑紅透，緩緩而走。在碧澗裏可以任便著山花隨著水流，但在我手中，我卻不能讓山花溜去。

春在巨壑內，要在崖洞前看得最清楚。在崖洞前見了巨壑之險，會膽顫心驚，但在崖洞前，見了巨壑之春，又會心花怒放，於此，絕大的險，會是一個美，一個美也會是絕大的險。膽震心驚，會心花怒放。心花怒放，也會膽震心驚。一個人常常要歡喜得流眼淚，但一個人也常常要恐懼得笑起來。只是在崖洞前，無論如何看不出崖洞的全貌，更看不出崖洞的究竟，僅僅有一個時候，當我由太子廟經由龍山尾段，攀援著行走小徑，直下大元坑之際，我把頭朝西看著，即隔著巨壑，見到了那老僧蟄居著的崖洞的全貌，並看出了那老僧修行著的崖洞的究竟，那確實像是廬山御碑亭下的仙人洞，只不過大小不同，格調有別。當然，廬山的洞是大得多，這裏卻只容得下老僧一個人，但是就風格論，就情調言，我卻喜歡這裡的洞，老僧是找到了一個好洞，並找到了一個靈洞了，而廬山的洞，卻只是飄逸，有時迷茫。於此，還須特別一提的是：在鵝湖這一崖洞前，偏右一觀，還可以最清楚地看見大義泉經由捨身崖畔下來的飛瀑。

20. 農村之美

加多（Marcues Porciuus Ca to）氏在他「De Re Rultica」（農村篇）中也說過如下的一句話：

「果眞是一美妙的好田園，則你愈是多多的去幾次，你便會愈是多多的歡喜著。」

說到鵝湖的農村，更是如此。

在鵝湖，由山川之美，氣質之美，性情之美而來的，會又是那農村之美。

在鵝湖，由自然的純樸人間的純樸人物的純樸而來的，會更是農村的純樸。

於山川之美，氣質之美，性情之美中，經由「王子」的路，「教師」的路，便是到達「朱陸」的路，儒者的路。

於自然的純樸，人間的純樸，人物的純樸處，經由「牧人」的路，農人的路，便是到達「人子」的路，聖者的路。

的。

於此，認識鵝湖的農村之美是應該的，於此，認取鵝湖的農村之純樸，也是應該的。

我在鵝湖時，對鵝湖美妙的田園，豈僅僅是「多多的去幾次」和「多多的歡喜著」？我實在是作息其中，生活其中。我在那裏種了無數的芥菜種，正如新約聖經裏所說：「種在地裏的時候，雖比地上的百種都小，但種上以後，就長起來，比各樣的菜都大……」我在那裏還牧了一批羊，在山間在曠野。只不過我並不是牧人，這也如那聖經所說的「羊沒有牧人」，只是「人子」耶穌卻「因爲他們如同羊沒有牧人一般，於是開口教訓他們許多道理」，並且分了五個餅兩條魚給他們喫飽，而我自己，竟是加入了羊群，有時還更會是迷失了的一隻。

不過，我無論如何，我總是在鵝湖覓得了新天地，而且還曾經逍遙於此天地之中，嘻嘻哈哈地帶了一點眞誠，又帶了一點諷刺，並喜歡著一些「象徵」，又喜歡著一些「比喻」。

我的學校爲了學生實習，先生實驗，在鵝湖算是有了三個農場，一個農場在書院之左，正對著學校的大門，那大門口的馬路就沿著這農場的一側，經過獅子山下而下接贛閩公路，那是三個農場中最大的一個，主要的栽種，是稻作，特用作物和一些水生植

物，在水生植物中，最多的是蓮藕，那是種在校門前，並作觀賞用的。其次一個農場是在書院前的一個大操場邊。大操場的四周，很多古柳，但新柳也有許多。操場的西邊有一古井，井水供我們灌田，也供我們飲著，井旁就是馬路，兩邊也是柳樹，只是離開書院稍遠，馬路兩傍，都是油桐。

我們這第二個農場最小，就在油桐與柳樹之間，大部是供著作物育種試驗之用，剩下一部分，我們作了一個小植物標本園。那裏的外側，即靠獅子山的獅首處，有一小澗，並一小潭，沿潭沿澗，頗有一些野花。在那裏昂首可以看到上峯頂山上的路，低頭又可以看到還是昨日沉落於水中的花。當晨風習習初起時，當楊柳青青已早發了芽時，眞是「你愈是多多的去幾次，你便愈是多多的歡喜著」，那眞是一個好田園，那眞是一個好農場，但更好的，還是我們學校的園藝場，那是第三個農場。那裏全部是園藝作物，所以是園藝場。那是正對象山的象鼻子，大元坑的水和大義泉合流後，就右轉盤旋，側繞著我們的園藝場，在園藝場之盡頭處，還有一石橋，與鵝湖橋遙遙相對，兩個橋下面都可以游泳，並有泉魚，游來游去，大義泉還可以直流到我們的園藝場，因爲在此泉合流之前，我們有一個小小的水利工程，可以把水引至，因之灌溉至爲方便。

在園藝場，我栽了很多梨樹，納多是上饒早梨，也是梨的一個有名品種。書院內我也栽了不少的梨，我離鵝湖時，已是開花了，梨樹開花時，是從書院內一直開到園藝場，又從園藝場一直開到學校裏，在梨花一片白中，書院亦即學校的半邊白粉牆，幾乎是完全看不出。石橋，溪水，梨花，再加以大義泉的被引入梨花中，又再加以其他的觀賞樹木和花木花草以及青菜，這是場中景。還有場外景，那便是距離我們那園藝場或遠或近的油菜花黃，散佈在鵝湖農家的田地之內。還有景外景，那是周遭的山和周遭的雲，還有景中景，那是我園藝場中種著的名花數種，我亦不暇細述了。

總之，師生在那裏實習時，成了景中人，村客在那裏行過時，也成了景中人。當村客往返，忘了疲倦時，白雲在上，亦復不辨東西。悠然見鵝峯，如欲相問，則日出上頭，流水紅透，農民趕來，彼此一笑。

由我們的農場之美，你們可以想到鵝湖的農村之美。

鵝湖的農村之美，大家會以爲僅僅是由於「鵝湖山下稻粱肥」。其實鵝湖的稻田並不肥，目前鵝湖的農民只能知道要多多放著石灰，才有收穫。

鵝湖的農村之美，大家也許還會聯想到所謂「桑柘影斜」。其實這「桑柘影斜」，已是近一千年以前的事，是大唐時候的事。目前除了我們的學校裏種了幾株桑樹作學生實習外，就沒有一株桑樹給人看到。

關於鵝湖農田施用石灰，始有收穫的事，我曾作了一個研究，起初我因鵝湖的稻谷碾成米時，米很易碎，吃起來又很脆，這是石灰肥料施用過多之應有的毛病，主張少用石灰，又因鵝湖的稻田底層已經慢慢淺起來，且多石灰沉澱，所以也主張少用石灰。石灰通常是宜作間接肥料用，而鵝湖的農民卻一直只把石灰當作肥料施用，其他肥料，反而用得很少。初看起來，眞是不科學。以後我因與當地的父老細談，並參考了民間的一些傳說，和留存在民間的一些文獻，以至鵝湖附近居民的家譜，我深信著最初所謂的鵝湖，自然是眞正的一個湖，可以大量的養著鵝，成爲天下的一大養鵝場。隨後因爲積水漸少，湖床漸漸浮起，湖的四周漸漸被居民闢成稻田，養鵝的事業衰下了，湖的面積也縮減了，最後因爲人口增多，農田大少，遂致整個湖被開闢爲稻田，湖在半山中，只要好好排水，成爲稻田是很容易的。

山中之湖，因爲大量有機質的聚積，湖土酸性便很重，極需要用石灰去中和它，以利耕作，於是相習成風，以至於今。據此，現在的鵝湖書院一帶，包括我校農場及遠近的農田在內，原就是最初的鵝湖。當此最初的鵝湖在半山中作成稻田後，爲了灌溉，不能不設法蓄水，峯頂寺羅漢塘一帶因爲是山頂窪地，便又是蓄水成湖了，《峯頂志》載羅漢塘大義泉之所從出，疑即鵝湖舊址，當爲第二次之鵝湖。隨後寺侵湖址，大義泉僅能滙爲養公池。今之所謂湖在山頂，養公池實是最後之遺迹。再說用石灰，鵝湖農田所積有肥料既深且多，酸性至今仍重，自以老農原有用石灰之經驗爲合理，米碎味脆，乃小問題，石灰增產，實更重要。農村改革，即在純科學的範圍內，亦未易輕言，德國克茲茅斯基博士（Dr. Richard Krzymoski）於其《農業哲學》一書中有言：「農業究爲歷史之生成者，即由其於數百年或數千年間之淘汰而始逐漸成爲合乎目的者也。」我對這話，在鵝湖農村中，感覺得更加親切。

關於鵝湖的桑樹，究竟何時，方始絕跡，實在無由考證，峯頂山志裏，完全沒有提及桑樹的事，在其所搜集的鵝湖昔賢題詠裏，除張濱的社日詩以外，沒有一首詩，或一句話，涉及桑柘，把範圍擴大一點，在鵝湖附近百餘里以內之處，也沒有栽桑的事，只有鉛山的鄰縣弋陽，一方面是平劇的始祖弋陽腔發源的地方，一方面是謝枋得的家鄉，曾經在縣志裏載有謝枋得的《蠶婦吟》，說是「子規啼徹四更時，起視蠶稠怕葉稀，不信樓頭楊柳月，玉人歌舞未曾歸。」但縣志裏也並未載著民間養蠶栽桑的事，謝枋得和文天祥一樣，忠義之氣貫日月，爲國事奔走，也走遍了當時的天下，《蠶婦吟》是有所諷托，並不就是說著故鄉養蠶的實情。只是兩宋之時，鵝湖一帶，有沒有桑葉，我們也沒有法子加以肯定其無，也不能肯定其有。惟鵝湖一帶之沒有蠶桑，總是爲時已久了的

事情。

目前在鵝湖境內，「桑柘影斜」雖然沒有，但茶樹影亂，則是滿山遍野。在鵝湖的農村中，茶子樹的收入，幾乎大過稻子的收益。茶子樹，常常會使人聯想到茶，茶的發源地原也距離鵝湖不遠，那是在信江書院對面的茶山寺中。那茶山寺是陸羽隱居處，後來辛稼軒和陸放翁的先生曾幾甫都在那裏隱居過一些時日，寺後有一個院子，院子裏有一個井，那是天下第四泉，泉是乳色的，院後有山，以後名叫茶山，陸羽就在那院子裏實驗栽植著茶，並用那天下第四泉煮著茶葉喝。那時是煮茶，後來才是泡茶，以前茶字寫作荼，陸羽才把荼字減了一劃，成爲現在的茶字。但所謂茶子樹卻並不是我們喝著的茶，而是專供人採擷著子實製作植物油料用的樹。那所製成的植物油，名叫茶油，茶子成熟時，全鵝湖的農婦和小孩，幾乎都背著一個簍子，唱著歌去採擷著，到白日西沉，茶子樹的樹影零亂時，他們便滿載著茶子而歸。鵝湖農村中最嚴厲的禁律是砍伐著茶子樹，要是有人偷偷砍了一株茶子樹，或是一株茶子樹的大枒枝，那他就是準備接受著村中最嚴厲的處罰。只是事實上，卻沒有一個人砍伐著茶子樹，也沒有一個人受了輕微的處罰。

鵝湖的農村，在最初半山全是一片湖光時，仙鵝成群，固然很美，隨後半山湖水成了稻田，稻粱肥著，湖床更上一層，到達了峯頂，仍是美麗的。現時雖是沒有「桑柘影斜」，「家家人醉」，但茶樹影亂，茶子滿載而歸，峯頂仍有池塘，游魚正躍，不還是一樣美妙的農村麼？

21. 農村之純樸

只是鵝湖的農村，更動人處，還是在那農村的純樸和那農人的純樸處。

鵝湖的農家，離我校最近的是大元坑的居民，只不過他們以前的主業是造紙。離我校較近的是鵝湖橋的百姓，只不過那裏已像是一個小鎮，馬路兩旁都是商店，有郵局，又有菜館。在我校大門前可以遠遠望見的是名叫烟蓬的農村，那裏有二十餘家聚居著。最遠的是李家坂，那裏的農家已在百家以上，鵝湖小學就設在那裏，我校先生的孩子也都在那裏讀書。在李家坂與鵝湖書院的中途，有一個山崗，名叫彭家山，以前訓練團在那裏蓋了不少茅屋，除了倒塌的以外，剩下來的我們把它修理了一番，辦了一個農村實驗初級中學校，在此實驗學校四周，也散居了不少的農家。較李家坂更遠的農家還有許多，並有不少的大村落，但他們並不承認是鵝湖的居民，雖然都還是居住在鵝湖山下，從我們看來是一樣的。

舊曆年一過，大家都要請吃著春酒，我們和鵝湖的農家互請吃著春酒的範圍，是在李家坂以內，因之我對李家坂內的農家也特別熟悉，農民請去吃春酒，是不能不去的，吃的是大魚大肉大碗的酒。不說飲酒，說吃酒，那是鵝湖農村的口氣。只是我請他們時，卻是飲春酒，因為我幾乎要預支一個月的薪俸，或變賣了一點衣物，才能請他們吃著小魚小肉和飲著小杯的酒。於此，人們也許要懷疑他們的純樸了，其實，魚在自家門前的池塘裏，豬是家裏飼養的，酒也是家裏釀的，只有鹽才需要拿錢去縣城裏買來，那和我們是大不相同的。吃起春酒來，大家眞是歡喜，所謂「家家扶得醉人歸」，不深歷其境是不會知道的。但這絕不是浪費，而是一片眞誠。如果對著春酒，也說起節約來，便是不識眞誠，不知純樸。當我請春酒時，有一位姓王的農人在我家酒席上，說來說去，總是說他們的酒肉不多，否則我不會吃得那麼少，又說他的老妻不會弄菜，口味不好，本來她要出來道一聲歉，但又怕自己出不得場面。先是說得自己的不好，隨後便如家人，喝得面紅耳赤。

鵝湖的農民，幾乎全都是峯頂寺的佃戶，就是被稱為鵝湖的地主的人，也種下和尚的田。鵝湖的地主，我知道的有三家，一家是姓李的，那是因為他家幾代下來都是獨子，最近娶媳婦時又添加了不少賠嫁的田。一家是姓鄭的，那是因為他有一水碓，又做

了生意。還有一家，也是姓李的，那是由於他做了小官，和官場頗有來往。在鵝湖，如果不是連代獨子，就是地主，也因遺產均分著，其後代最多只能成爲自耕農，做生意做小官成了地主，那是暴發戶，後代多是敗家子，成了農村的流民。

鵝湖的農民，雖然全都是峯頂山的佃戶，但他們朝山拜廟敬宗祭祖，所祈求的，分明第一還是求子，第二方是求財求田求地，如果讓他成了沒有兒子的地主，他甚至會日夜啼泣，因爲他知道死後土地就歸於祭子，那是他人的兒子。如果讓他成了只有一個兒子的地主，他就會日夜擔心著，萬一這一兒子病了甚或死了，那便會天昏地黑。但當他眞成了許多兒子的地主時，他一死了，後代就不復是地主，而只是地主對地主本身的一個否定，這會是矛盾麼？「有子萬事足」，當兒子由地主成爲自耕農甚至佃戶時，因爲土地的絕對自由買賣，只要克勤克儉，忠厚傳家，曾幾何時，若有一兩代是獨子，便又成爲地主之家了。這事，自一個農民看來，是看得很清楚的，因之一個農民最羨慕人家的是年紀輕輕，就有了幾個兒子，農家的婆婆對媳婦，常是不和，但若婆婆得了幾個孫子，這媳婦就驕傲起來，反要婆婆順著她的意思了。這反映在我國古典經濟學上的最高理論：「有人此有土，有土此有財」。

鵝湖的農民，雖然全都是峯頂寺的佃戶，生活實在艱難，但當我校農場想在鵝湖境內，僱用工人時，卻只能僱一短工，僱不到長工，他們都不願在我校農場充著長工，雖然我校農場的工資收入，遠較他們原有的收入爲高，可以多少改善著他們的生活，但他們寧願在家裏作著主人，不願只看見表面的生活的改善，他們雖然是峯頂寺的佃戶，但峯頂寺的和尙有一百多人，平均分起來，一個人只是幾石租穀，造廟固然靠募化，生活也大半靠募化，而他們的佃戶並不是自己沒有田，他們已逐漸成了自耕農，要他們長做著農場工人，他們會覺得遠不如佃戶，因爲由佃戶到達自耕農的路，在鵝湖是近得多了。在他們的心目中，第一位是人，第二位是田，第三位才是生活，家裏有了人，就不怕沒有田，只要有了田種，就不怕沒有生活和生活的改善，這反映在我國古典經濟學的道理是：「有土此有財，有財此有用。」

鵝湖的農民，因爲人是第一，兒子是第一，多子是福，地主是不幸的結果，而遺產均分，更幾乎消滅了地主，又因爲對生活過於忽視，不求如何更張，只知日出而作，日入而息，政治的興趣毫無，遂致反而大大地招來了政治的干擾，而地方也因之更談不上政治，轉讓小官成了地主，商人在民間實行了兼併，另一姓李的和姓鄭的，就是很好的例子。只是畢竟因了鵝湖的農民對求土地僅次於求子的生存之大欲和不可抗拒的力量。佃農終將大量的轉成自耕農，而漸被減少，以至消滅了佃農。但在這裏，沒有政府對佃

租的強迫減低，和對自耕農的儘量扶植，鵝湖的農民，仍將會是病骨支離的。於此，政治的得失，便眞的關係了民命，鵝湖的農民是需要政治的強心針，才可以經得住時代的風暴，而不會倒下來，否則，農民一倒，便什麼都要倒下來。只是農民希求的兒子日多，而所需土地總是一個樣，然則什麼是對農民的政治之強心針呢？我在鵝湖是爲此焦思苦慮著。

讓農村變成爲自耕農的農村，總會是更美妙的農村。

但更美妙的農村，畢竟還會是更純樸的農村。

要知浮華的時代，是一個「不信的時代」，農村的純樸，農人的純樸是會儘有其時代的使命的。農村要經得住時代的風暴，農人要趕製出時代的清明。農人第一個需要是人，第二個需要是田，第三個需要是生活，但，人的第一需要是教化，是眞正的教化，是普遍的教化。農民最怕出敗子，若眞出了敗子，就要敗人家國。只有在純樸裏沒有破敗，只有在教化裏，才有純樸。我在鵝湖時，我就眼看見鵝湖的農村有自然的教化，有人間的教化，有人物的教化，只可惜欠缺的是農人的營養，農村的營養。

在鵝湖有山川之美，氣質之美，性情之美，但這也是由於自然的純樸，人間的純樸。人物的純樸，於此，便開闢了儒者的路，也開闢了聖者的路。要如何才能讓天下人都營養充足地走著儒者的路，走著聖者的路，這會是當今世界的需求，這也會是此後人類的需要。鵝湖的農民會是全中國農民的縮影，他們是像荷馬史詩奧得賽中之主角，即那一不知休止的航海家優利士（Ulysses）一樣地，在這浩茫的人海裏綁在桅杆上航行著航行著，他們已經到達著那裏，他們能夠到達著那裏，他們將要到達著那裏呢？

22. 帶來的事實

我的妻帶著六個孩子，在我離開鵝湖差不多一年之後，和我在海外相見，老父老母不肯出來，說是只望養大孩子。我的第六個孩子那時是和我在這個世界上第一次見面，他是在我離開鵝湖後兩個月才出世的。當他第一次見我時，他的母親就告訴他喊著爸爸了。和他一起從鵝湖出來的事實是：當他出世不久，共產黨來了，不久俄國人也來了，鵝湖變了顏色，我的學校被拿去，並被遷到別處去了。鵝湖書院前面的高墻被拆毀了，朱呂二陸四先生的牌位，被當作乾柴燒掉了，峯頂寺的和尚個個被逐，鵝湖山的大樹株株被伐，那三株古樹下的池水也全被弄乾了，池魚個個被捉，分明殃及池魚了。我學校的農場停頓著，所有的梨樹，都被連根拔去，那一塊鵝湖塔內剩下的破碑，更不知何處去了。我的妻和孩子因學校搬了，一時不知我的下落，曾被那家請我吃春酒而口口聲聲說酒菜不好的姓王的農氏，迎接到他家裏住了很久。他們夫婦還幫忙我的妻撫育著我們的第六個孩子，無時不笑用鵝湖土音對那孩子喊著「小校長」。本來是美妙而純樸的農村，那時在表面上全是一片鬪爭聲，但在骨子裏，他們還是最羡慕著抱抱孩子。我的妻和我的孩子告別那位姓王的夫婦時，他們再三地留，留不住，再三地送，送到很遠處，更再三地說：「你們要回來」！

現在算起來，我已離開鵝湖快四年了，鵝湖的歷史文化山川人物與農村是在夢寐中，是在回憶裏，但果眞是在夢寐中，果眞是在回憶裏麼？歷史文化的浩劫，山川人物的浩劫，農村的浩劫，鵝湖的浩劫啊！

四十二年二月十日

23. 附錄

1. 香江之聚

人生雜誌社來信，以錢賓四先生一生致力學術及教育事業，對人群文化貢獻至大，其治學精神，尤足爲世人取法，爰擬於六十壽辰，出版慶祝專輯，介紹錢先生的學術思想、教育方法及其生活情趣，藉以表率人倫，樹立尊師重道之風尚。因我與錢先生相知頗深，故要我寫篇文章。同時王社長貫之兄並附一函，還說及如何以道勝流俗，而不爲流俗所勝，思之不易，常用困惱。

前此，復觀兄亦來談及新亞學院，民主評論與人生雜誌出紀念專輯事，並要我致函錢先生，當即以此事有關文化，有關學派，去函力說。並另函君毅兄說及此事。嗣後錢先生以長函見覆，於告知新亞書院與美國耶魯大學合作之詳情之餘，乃說道：

「回憶初辦此校，與兄微雨中躑躅元朗大埔，志與願違，終不能稍有建立。今故人遠隔，而五年前舊夢，忽然復來。回憶前塵，歷歷在目。昨夜曾約黃崇武夫婦來此，以暢談吾兄往事爲快，亦藉此稍抒積念耳。承告關於民評及人生社爲弟出紀念刊事，弟聞之心慚，不謂自己年歲，忽已到了六十，回憶童齡，已粗知趨嚮，而數十年來，一無成就，朋好過愛，受之於私相交往，已覺歉怍，若公開有所表示，更滋其內疚之深，此層已與君毅丕介諸兄談起，但若因此引出諸兄許多好文字，亦是一大佳事。弟固不敢爲私心抱慚，並諸位老友之大好文章，而甚至不願以一讀爲快，惟期勿多有揄揚獎飾，增其愧怍，則已爲榮實多矣。世風好標榜，若能由吾輩力戒此習，亦於世道有補，並冀朽了料。若多加粉飾，轉將增其醜惡，不如一任其自在，轉得掩過其醜，不爲人所注目也。此意幸與復觀兄一詳商之。」

另君毅兄覆函中，則有「現不管如何紀念，總以先收輯眞有價値之若干論文爲要。只要有若干論文一併出版，本身即一有意義之事」等語。

目前，大家的心情都很沉重，爲一個人的生日湊熱鬧的事，如不爲流俗所勝，那是不會有的。我和錢先生所學各不相同。我是學園藝的，對錢先生的歷史之學，我不能

有話說。但我和錢先生的接觸，也不是完全基於生活情趣。蓋所學既異，年齡亦相差頗遠，處境尤各不相同，照道理說，生活情趣應該是有別的。更何況我實在是以後學的身分和錢先生交往的。這其間的敬意常是作主，益使我每訥於言。只不過「人生」索稿，我所能寫，並義所應寫的，還只能是有關生活情趣方面的文字。

我打算爲民評寫一篇現代花卉裝飾之論文，此雖是一篇純學術的文章，但依然夾雜了所謂借花獻佛的獻花情趣。在這裏，我很知道人生社諸君子之用心，我也很了解王社長道勝流俗之意。君毅復觀諸兄之所言，我更完全懂得，至錢先生來函所說，除必然會引起我寫此香江之聚一文之外，更儘可爲貫之兄所謂道勝流俗之一最好的註腳。

要勝流俗，必須定型。我意三十而立，四十而不惑，五十而知天命，六十而耳順，這三十年間，都應該是一個定型的人生階段。立是定型，而知天命及耳順，則是定了型必有的效驗。在這三十年以前，是不定型走上定型。所謂十五而志於學，也就不妨說是學個定型。但這三十年以後，意即人生六十以後，則又會是由定型走上一個不定型，這一不定型，是一個新的不定型，這以孔子而言，便是到了七十，就從心所欲不踰矩。這從心所欲而不踰，是一個新的不定型。那是人生三十以前的不定型，再經過三十年的定型而獲得的不定型。那是放下了，又提起來，那是減了，又增起來。那是由繁到簡，又由簡單化到了天地變化草木繁。那是由變化到統一，又由統一到達了一個統一裏的變化。在三十以前，人生總是流的，因之，青年總是動的。其實流並不壞，動亦原是好的。只不過流無流向，即爲無志；動無動態，即爲失體。只無志失體，就是俗。流俗之成與夫青年人之終不免成乎流俗，要皆由於三十而後，不能站住，與夫中年人之不能定型，有以致之。一切的俗，是俗在不入格；一切的壞，是壞在無定型。目前我們不管做人也好，做事也好，總要做人有定型，做事有定型。人生雜誌與貫之兄的困惱，是一種求定型的過程中，所應有的困惱。而新亞書院與錢先生的勝乎流俗，也只在其一開始就有了定型，和在童齡已粗知趨嚮而已。

目前的時代是顚倒的時代。目前的世界，是倒過來的世界。中年人站立不在，於是原本應該定型的，反要跟著不定型的跑，終於讓時代成爲一陣風，吹來吹去，讓世界成爲一鍋湯，時冷時熱。照理中年人如眞站立得住，那麼，以定型而嚮往著不定型，正是因爲要躍進一新的不定型，那誠然是向上一機，自然不會是向下一著，而爲流俗所勝。於此，紀念著錢先生的六十壽辰，實是紀念著錢先生童齡粗知趨嚮，和六十早有定型，這裡會有其時代的意義，即所謂學脈有關。這裡會有其世界的意義，即所謂文化有關。

從學脈上說，胡安定的得家書，見上有平安二字，即投之澗中，不復展，這是定

型。孫泰山的退居泰山之陽，枯槁憔悴，鬚眉皓白，故相李迪以弟女嫁之，這是定型。由此而石徂徠的道太壞由一人存之；周濂溪的窗前草，不除去；邵康節的無可主張；程明道的坐如泥塑人；程伊川的不啜茶，亦不識畫；張橫渠的即日輟講；朱晦庵的吃飯不做事，無道理：陸象山的舉頭天外看；陳白沙的乾坤誰眼碧；王陽明的觸之不動；王龍溪的一片靈光；與夫羅近溪的我只平平；固無一不是定型。一定型，就站得住；一站得住，就有其一個人的完成。必須有一個人的完成，才能說得上其他一切的完成，由此而學之有統，道之有統，便是學脈，便是道脈。程明道說：惟善變通，方為聖人。這變通是定型後的變通，是完成裡的不斷的完成。是由定型再進到一個新的不定型，絕不是退後到原初的一個不定型。

從文化上說；我們的文化，實在是一個定型的文化，大家尊其所聞，行其所知，所謂行處是道，行處便自然成了一個道，並讓天下同歸而殊途，一致而百慮，因之，萬物並育而不相害，道並行而不悖。說到外方，說到目前，則世界是一個不定型的世界，時代是一個不定型的時代，實不能不歸咎於外方的文化和目前的文明，在這裡錢先生本其歷史學的素養，和根據其歷史上的觀點，實是見之眞切。而我之亦有感於此，則是從一己所學之農學出發，彼此雖出發點不同，然因歸趨之相近，故已成彼此間接觸之重要的一點。時至今日，要時代定下來，要世界定下來，就必須要在文化的定型下定下來。時代的要求，人類世界的要求，實是在迫切地要求著定型。但因為大家都未能看清這種要求，甚至歪曲這種要求，結果便愈來愈把一種僵化的局面，替代著一種文化的定型。這實是人類目前禍患之由來，亦是人類絕大的悲劇之所在。

不能定型就只好僵化，一僵化就倒下來。倒下來就不行，而不行就無道。要知大家行走都行走不動，還會更有什麼道路呢？在大家幾乎是都感覺著須要道路的時代和世界裏，我們聚首在香江，自然會感到分外親切。

（二）

本來我在江西鉛山書院內辦了一個信江農業專科學校，後來還改成了農學院，那時錢先生和君毅宗三諸兄都在太湖旁邊之江南大學教書。君毅兄曾在鵝湖住了約一個月，並寫了不少文章，這使我想起了一個新的鵝湖之會，所以就想將錢先生及宗三兄等一併請來。大家都答應了，只因為大局變化太大，錢先生和君毅兄終於由海道經羊城而來到了香港，而我則由鵝湖而上海，更經臺灣至香港，大家在那裏就有了香江之聚，並讓此香江之聚，替代了鵝湖之會。

記得那時我們都曾一度日則乘電車東走西走，夜則一同高臥在一個中學裏的大教室內的課桌上。談笑之中，又租了另一個中學的一間教室，作夜間辦理著亞洲學院之用。我參加了亞洲學院的開學典禮，錢先生做了院長，作了主席，談笑風生。只不過學生太少，嗣後我便來臺灣爲其招生。個人則應臺中農學院之聘，教教本行的書。我招生的成績，在當時似不壞，而錢先生在香港又於無意之中獲得了一位大商人王先生的同情，說是要爲他的學院在元朗蓋房子，籌款擴大基礎，增設農場，辦農學院。這使錢先生堅要我回香港。我於是又退回了臺中農學院的聘書，帶新生回香港，替錢先生籌辦著另一個農學院，順帶辦農場。當時大家都像懷著一個半耕半讀的理想，爲了尋覓著耕讀的地點，便於微雨中，初躑躅於元朝；繼躑躅於大埔。最後還躑躅到粉嶺。

這次我由臺灣再來香港。沒有和錢先生等，同睡在課桌上，而是生活上有了大大的進步，在沙田一個學院內的一間小房中床對床的同住著。終於錢先生不耐於微雨中，過於躑躅，所以便一度病了。那大商人王先生帶了太太特由九龍到沙田來看他的病，非常慇勤。臨走時，我送王先生夫婦，曾笑說：「錢先生的病不要緊，只要找到了地，就會好的。」後來，我把這話告訴了錢先生，錢先生始知那位王先生不太和我要好的原故。他笑我不懂世情，他爲了要促進彼此間的了解，特把我寫的兩篇發表了的文章送給他看。內中有一篇是我寫給太太的一封長信，題爲一封書——有關時代，果然，他看了說是陳情表，就對我表示了好感。這其間的人情上的轉折，我是有些莫名其妙，只是錢先生在這裏，也並不是察見淵中魚，他儘是無事，儘是渾然，儘是有定型，儘是有情趣。當時和我們隔壁居住著是君毅兄夫婦。那也是間同樣大小的小房間。君毅兄常不願出房門，錢先生總常常是拉他們去西林寺。我陪伴著，大家仿著兒語，你說敢一個步，他便說：談一個天。晚上，我因父母妻子都陷在江西，沒有出來，不免有時中夜夢醒。而錢先生雖亦是一人遠居住在天南，但總是睡之寂寂。就是當隔壁君毅兄大聲夢中呼叫著「天呀天呀」之聲，聞於戶外之際，他仍是睡之恬然。這實不能不使我於深深感覺到君毅兄的至性動人之外，更感覺到錢先生連睡夢都有了定型。那是三十八年底的事。

到了三十九年春，亞洲學院因種種原因，演變成了新亞書院，校址改設在桂林街，是我找的房子，一切從新做起，而且不再是夜間上課了。而錢先生和君毅兄夫婦，也就由沙田，搬住於九龍。那時我正爲新亞在澳門招考新生，回來時，錢先生要我移居九龍，仍然和他同住一室。但我一則因喜鄉居，沙田那間小房，窗子對著一座山，山下有一小溪，溪旁頗有幾個大石頭，零零落落散放在那裏，還有茅草叢生在石頭旁，白天可以聞到溪水之聲，夜半更可清晰地聞到溪聲。這使我彷彿會是在故鄉，依然有溪聲入

夢，二則因我妻來信不久就要帶著六個孩子由鵝湖經貴溪更經長沙而來香港。香港找住宅不是我的能力可以辦到，所以就決定等妻來時，仍舊在沙田另找房子住下去。爲了在新亞教書，我便從此常步行來往於沙田與九龍間。總是下課後和錢先生隨便談談，一會兒又回到沙田。

有時星期日或假日，錢先生也和君毅兄夫婦同來到我那裏，舊地重遊。我的住宅之小和我的家人之多，常是使客人來了，無容身之地，因之不是把孩子趕出去，便是陪客人到附近的西林寺。我的六個孩子都歡喜錢先生和唐太太，見到君毅兄都有點怕，爲的是他的眉粗，鬚濃，又不太和孩子講話。而錢先生和孩子們開玩笑的本領則非同小可。孩子們見錢先生來了，也說是錢來了。我那些孩子們可眞是窮小子。我的太太燒飯，大孩子買菜，老二洗菜，老三掃地，老四洗碗，老五拾起棹子下的飯粒，老六因爲還在吃母親的奶，所以沒有分配工作。除了他以外，大家都是充分就業。錢先生在我家有人來時就兵慌馬亂的狀態下，竟仍然是有情趣，有定型。而唐太太見我的孩子爭吃，自己也覺到吃的有味。君毅兄則說在我家吃飯，總是吃得較多。至於錢先生吃飯呢？那是不多也不少，所以也不能不說是有定型。我家孩子們的吵，是頗爲有名的。君毅兄在鵝湖住我家多日，說是從未見我有忿厲之容。實則，我對孩子們又何嘗是沒有打罵著？我罵老大，老大還好，不敢作聲。但既不作聲，又何必再罵？我罵老二，老二則和你對罵，既是對罵，那還要罵什麼呢？老三當我罵著時只是流眼淚。既流著淚，自不用罵。老四則當我罵著時，卻只是對你笑。既依然是笑，我罵下去也就無謂了。老五是個小女孩，錢先生最歡喜，兩隻眼特別靈，你一罵她時，她地下一倒，兩腳打著地板，弄得天翻地覆，其勢實不可再罵。老六在君毅兄住鵝湖時，還沒有出生，就是在我最後一次離開鵝湖時，也還沒有出生在鵝湖。可是到我寫此文時，他已是五歲多了。現在你要是罵他，他便打你，自然更不用罵了。此君毅兄從未見我有忿厲之容之故，但錢先生之無忿厲之容，則絕不是和我一樣。他儘是無動於衷，他儘是有情趣，他儘是有定型。

在這裡，我所說的香江之聚，實是由預定的鵝湖之會，偶然一變而成為九龍之會，又由九龍之會，成了沙田之會。最後則彼此來往於九龍沙田之間，會少而離多，但依然是香江之聚。此外則正如錢先生來信所言，即微雨中躑躅元朗大埔。而一度躑躅於粉嶺，並無數次躑躅於香港九龍之街頭巷尾，則為錢先生來信所未提及。凡此都應該包括在本文所述的香江之聚。特別是九龍香港之巷尾街頭，在那裏的香江之聚，其實是香江之行。而在那步行中，我們對錢先生都有了一個大大的發現：就是不論在如何樣的車水馬龍的香港或九龍的馬路上，錢先生橫過著馬路，總是若無其事地一步一步的走著，有

時汽車衝過來，喇叭之聲大作，我們爲他急煞，他仍是若無其事地一步一步的走著。汽車衝來，見之未見；喇叭之聲，充耳不聞。可是他又並不是在那裏想什麼，他只是在那裏一切不理會，只是一步一步走，當他穿過了馬路，我們問他時，他只是笑一笑。他儘是有情趣，他儘是有定型。在諸老先生中，我們發現他的走相最好。熊老先生則坐相最好，一坐坐得穩，其鬚飄然，其一種高曠的神情，無人能及，坐下來，兩眼看著你，那眞會是「目擊而道存」。只不過，他走起路來，卻總令人感覺到過於輕逸，不免有魏晉人的味兒。梁先生在其和你談話，用思想時，那一種想得透頂，想得深湛的情態，也是誠不可及。只不過，他走起路來，卻總令人感覺到不免急促，竟像是遑遑如不可終日，衰世之意，亂離之情，在他的步法裏，更是急急地呈現出來。至於錢先生的走相，則全是太平相，盛世相，和行得通的相。爲了這個原故，我們有時會對他說：他必將走入廊廟，必將得其高位，必將獲其高壽。

在香江之聚中，我和君毅兄總常常想：假如有以上所說之天下三老，長聚一堂，另外再請宗三兄等同來陪伴著，則天下有了定型的人，天下就應當會有了安定的力。因爲定型的本質，就是一種安定的力量，而安定的力量則又只能是一種精神的力量。這是不可假借的。以前明太祖說是要爲天下屈四先生，會就是有見於此。爲了這個原故，我和君毅兄還曾一度爲了想親去迎接熊老先生，跑到了火車站。但正擬購車票時，彼此竟不約而同地頓然想起了魯仲連義不帝秦，更如何應履秦地？故又黯然離開車站，只能空望著火車向熊老先生那裏急急而去，眞不知此生能再一見否？那時，君毅兄幾乎要哭起來。又聞梁先生亦曾語人云：「士生今日，不挺身而出，即埋頭著述。」然千里之外，天南地北，香江之聚，不見其人。

今則天下老者，除錢先生外，在我們所見太少之人中，誠不知更有何人？君毅兄常說要著眼青年。而我則無時不分心於孩子。我的孩子們吵鬧太甚。但我只要求孩子們做完他們應做的工作，其他一切，都不問，人每以此說我家是一民主家庭。但這只能說我的家庭像民主。至於我對整個世界的理想，則無寧是希冀著民主像家庭。民主說是主義，不如說是制度，說是制度，不如說是程序，說是程序，不如說是尊重少數的多數原則，也不如說是容忍反對的開朗心情，或是變化裏求一致的健康態度，或是讓個人生命客觀化的基本觀念。因之，民主的實質，必須是博愛，必須是仁。而自由平等，則是此仁之節文。家庭是仁的溫床，也是仁的所從出。所以民主總得要像家庭。錢先生常是把我們當作是一家人，這便讓我們的香江之聚，也有了定型。錢先生常是把學生看成是諸子弟，這便讓我們的新亞書院又有了定型。由一個人的定型推出去，就會到了其他的定

型，民主也要定型。

我因爲家庭的原因，終於又離開了新亞，再接受此間的聘約。只不過錢先生在臺北一度受重傷後，卻也來到了此間從事著一個時期的休養。我的小女孩，就是那位老五，有一次爲了她的老師對她回答剪刀不能剪東西，認爲不對，而憤憤不停。初訴之於我，繼又訴之於錢先生。錢先生問她：剪刀爲什麼不能剪東西呢？她說：剪刀如何能剪東西？一定要人去拿著它，它才能夠剪！於是錢先生弄得無話回答，只能說這是剪刀不剪論。其實這已經觸及錢先生素所提倡的人文主義的眞諦。譬如說科學，大家認爲科學能爲人類謀幸福。但若以我的小女孩的口吻來說：科學如何能爲人類謀幸福呢？一定要人，眞正的人，定型的人去拿著它，它才能夠爲人類謀幸福。這在錢先生的日常談話中，這在錢先生的無數著作裏，都是有所詮釋的。若照本文的說法，則是因爲科學與人的定型，不能分割。若科學自科學，那便不能成爲一安定的力量，而天下也就無從而定了。天下惡乎定，定於一。這一就是一個定型。

2. 鵝湖集

一、鵝湖初到（三五、六）

1. 省識風塵萬里吟，回頭自是白雲深，當年一次鵝湖會，此日還留天地心，
應任予懷山與水，不須他想古猶今，眼前光景知何似，喜見桃花李樹林。

2. 等閒覓得新天地，便自逍遙天地中，此水已連他水去，前山更映後山紅，
拈來花草留窗下，携得孩兒過水東，祇是鵝湖欣作主，嬉嬉終不似孩童。

二、由鵝湖至鉛山道上（三八、三、二）

1. 連日山中伏案臺，一朝陌上見春來，纔開紅粉桃千樹，又撒黃金土百堆。
況有花香能撲鼻，疑無劫火更成灰，雙雙蛺蝶穿花草，一度春來知幾回？

2. 不必匆匆看百花，百花深處是人家，有人花下來呼我，無事家中去喝茶，
屋後青山連地角，門前綠水接天涯，春風水上還相送，待過山頭日已斜。

3. 都說金朝天氣好，夜來猶是一燈前，終歸燈下人難寐，因念花間蝶已眠。
舉世不知春有腳，到頭應識夜無邊，丹心本與花同色，記取春來花欲燃。

4. 夜半忽聞天下雨，是天心已不難知，思量盡日郊遊處，想像群芳雨打時，
㶁㶁泉流聲有異，深深花褪色無疑，明朝再識春風面，吹散濃雲護好枝。

三、桃枝（三八、三、十一）

1. 頻頻花發已多時，摘取紅桃花一枝，春色十分留案几，春風一夜入廉帷，
側聞鶯語泯哀樂，不計花開有早遲，就此隔山還隔水，隔窗花影亦離離。

2. 春共桃花同一色，是春早已上枝頭，新瓶細插花千朵，宿水頻澆春滿樓，
夜雨縱來春亦好，狂風雖至客還留，如何蛺蝶紛紛去，花落溪中成激流。

四、春蛙驚夢（三八，三，十一）

1. 入夜春蛙驚一夢，山居一夢太平中，鶯啼綠樹天同碧，雀噪春光火樣紅，
流水聲旁人躑躅，百花叢裏月朦朧，從來都說青春好，到此青春色益濃。

2. 太平一夢總悠然，底事蛙聲到枕邊，芝同庭草山同翠，鳳似家禽水似天，又得木蘭舟一棹，還逢佳客話連篇，山泉數尺終歸海，就此悠悠海上眠。

五、大元坑（三八，三，十三）

1. 每觀天色自蒼蒼，小築山頭是草堂，時雨時晴春已半，載歌載詠日方長。也攜兒女循新徑，又課生徒誦舊章，聞說溪邊花最好，大元坑裏去尋常。

2. 行行又自到溪邊，幾樹桃花在眼前，身值倦時眠白石，花逢濃處落清泉，雙峯伴我終成路，一水迎人遠接天，隨手拈來花數束，大元坑裏去年年。

六、峯頂山偶題（三八、三、十五）

1. 一峯長在白雲間，石級層層任往還，直達寺前濃樹合，回看身後遠山環，人居世外知何世，我到山中識有山，更欲縱身雲裏去，側聞流水益潺潺。

2. 此身不為白雲留，山自高高水自流，間或遨遊終一日，偶然閒話到千秋，舊憑獸跡開新徑，今伴鍾聲入古丘，半畝池塘天上水，如何放下在心頭。

七、鵝湖清晨（三八、三、十七）

1. 一覺小窗光縷縷，側身知是曙天來，披衣起視籬邊草，揮手還除桌上灰，幾日長風青苜蓿，連霄春雨綠蕓苔，屋前屋後棲黃鳥，難得聲聲入我懷。

2. 夜夢如何亦有窮，窗開曙色滿山中，枕心花事匆匆了，豈意春寒處處同？村客已然勤往返，浮雲竟不辨西東，鵝湖山下如相問，日初山頭流水紅。

3. 為愛晨光穿曲徑，手栽梨樹到春深，院中易見花如雪，陌上難留土似金，綠透蕓苔齊結子，紅離桃杏即成陰，本應一覺無他想，又自頻頻話古今。

4. 直達古今同一瞬，花開端的幾多時？山中了了無須說，天下茫茫究可知，雨後春容都在此，窗前草色盡於斯，世間自有晨光好，千載鵝湖儼若思。

5. 不厭雞聲啼太早，有時殘月在山頭，初憑夜色人難寐，又待晨光夢未留，自是心回饒至樂，祇因夢醒有深憂，百年底事晨風裏，獨對山中澗水流。

6. 晨風習習起天涯，楊柳青青早發芽，去去今朝山上路，沉沉昨日水中花，飄來白羽無聲響，種得黃泥有果瓜，我樂我心同萬古，鵝湖山下是吾家。

八、峯頂山續題（三八，三，二十）

1. 聞道紅鵝天上去，千年之後又歸來，於今復去成千載，自古重來能幾回，
方外有僧殉大義，個中無處起纖埃，山頭袖手觀天色，風不吹時雲不開。

2. 一峯看去眞如虎，有時磷磷更似龍，正遇新僧云好好，旁敲老樹響東東，
暫隨湖水留山頂，遂任山花入水中，四顧已然千里外，行行折得杜鵑紅。

3. 還見門前獅子嶺，又留羅漢老松前，重欣水上魚猶戲，一笑山中花益妍，
昔日夢魂終隱約，今朝山水究依然，豈無一語遺天下，吾友能言天外天。

4. 乃今題筆留峯頂，峯頂山頭雲已遮，其下鵝湖千古事，此中天地幾人家，
犁牛遠飲溪邊水，蛺蝶遙貪菜裏花，最是孩兒隨處走，看山看水看田蛙。

第二部

一、鵝湖秋（三七，十，二六）

1. 一葉雲浮，天下知秋，風呼呼，秋到鵝湖。秋到鵝湖。秋來匆促，
鵝湖山下稻已黃，鵝湖山前水猶綠，鵝湖之鄉今何如，鵝湖之人耕且讀。

2. 白雲縹渺，地厚天高，風蕭蕭，鵝湖秋到。鵝湖秋到，伊人秋水，鵝湖山色自蒼蒼，鵝湖山忽在雲裏，鵝湖之會千餘年，鵝湖之風幾萬里。

二、鵝湖冬（三七，十二，廿九）

1. 歲云暮矣，荷鋤而歸，今茲鵝湖，雨雪菲菲，岩前松老，大道濘泥，已寒其骨，已沾其衣，一草一木，慇慇我思，百物之生，冬伏其機，但問耕耘，念茲在茲，春來冬去，朝斯夕斯。

2. 彤雲蔽日，荷鋤而出，今茲鵝湖，霏霏雨雪，紅梅之姿，山泉之潔，其花點點，其流滮滮，因念老農，又思前哲，千秋之人，百世之業，何以爲懷，天地萬物，冬去春來，其華其實。

三、鵝湖歲首（三七，十二，三十）

1. 鵝湖山高，鵝湖水好，鵝湖山與水，百劫至今朝，有朱陸，有吾曹，山自迴環水自繞，雲浮水上，水在山腰，一丘一壑，一花一草，一心一德一聲道：湖山不臨歲末，大地滿是春潮。

2. 鵝湖山青，鵝湖水綠，鵝湖山與水，千年蔭草木，有吾曹，有朱陸，嶽峙淵停雲出岫，風行水上，水流山麓，鳥鳴花放，中行獨復，天自無言人自祝：人間歲首重臨，春來滿山滿谷。

四、鵝湖幽思

鵝湖發幽思，俯仰觀寰宇，天地固有窮，我思猶如縷，我今何所思，我今何所與，我思與古人，能將日月比，釋迦與耶穌，希哲與孔子，一生只一念，從容以就死，慈悲復慈悲，愛人如愛己，知己之無知，忠恕而已矣。民族與國家，文化與歷史，繼往與開來，所期蓋如此，所患求諸人，所貴識其體，大行既不加，窮居何能己？誰云朱陸輩，坐困窮山裏，長松何青青，其下清風起，風起固徐徐，風行幾萬里，萬里猶風行，風行海之隅，明月出海中，蛟龍沉海底，風吹蛟龍動，先動我衣履，舉目望八荒，神州有奇址，其上有仙山，山中有蘭芷，爲問世上人，何以末之取，靈氣之所鍾，至善之所止，中心之所藏，素以爲至美，湖水春來綠，湖鵝彌足喜，欲窮鵝湖境，須至水中沚，此意不能言，此心天所啓，我今在鵝湖，以山爲案几，幽思泉石中，易簡得其理。

五、鵝湖懷古

1. 有國有家，在天之下，心念古人，果何爲者？
有家有國，在天之側，心念古人，不可復得。
2. 天長地久，日往月來，古人已矣，我心安在？
我心安在，古人是友，日往月來，天長地久。

六、鵝湖二集書後（三八，三，二三）

我今來鵝湖，悠悠己數載，本性固不移，湖山亦不改，雖非故土留，雖非前水在，雖時距千年，雖事己難再，但憑解人心，不必期人解，就此課生徒，終日不稍懈，是春夏秋冬，去去如輪帶，是風花雪月，未費一錢買，然此又何奇，終不易其介，有時登峯頂，窮極風雲態，有時伏寺中，忽忽天地外，依稀見來者，相對如夢寐，又思聖與賢，寧復如我輩，柳下惠不恭，伯夷叔齊隘，伊尹志足嘉，孔子時己晦，釋迦又如何，耶穌無可悔，縱橫千萬里，上下千百代，去矣古之人，其下生雲彩，高高是雲山，深深是雲海，綠柏應可留，赤松不可採，春寒已如此，百花終可耐，草木究何知，絕憐生關寨，舉世焚其居，野火不足怪，山花隨水流，彼女應可戴，我樂我心長，心長復何害，此亦一無窮，此亦一世界，其樂不可支，其情本無奈，理應健此軀，金剛長不壞。

憶鵝湖（三十八年十月二日於香港）

1. 鵝湖一別風和雨，風雨何曾濕我衣，畢竟黯然衣盡濕，祇因偶爾兩分離，漸逢佳節中秋近，時值良辰夢寐歸，自是嶺雲無定處，飄然南北與東西。

2. 雲開天忽現紅霞，歸路亦如雲路賒，曾是半山雲裏客，早驚千樹雨中花，終當一轉留峯頂，不意重來到水涯，身住圍城三十日，在烽火裏見繁華。

3. 一上青天觀碧海，還從碧海望青天，雲浮眼底終成浪，身入晴空不似仙，人我萬方纔一隔，海天上下即相連，蒼茫此去三千里，竟任身非海一邊。

4. 區區島亦未能居，漂泊於今五月餘，急急長懷人已遠，沉沉試問夜何如？無須粉琢花間句，難得風吹月下書，一笑美緣山與水，是山含翠水含珠。

5. 海天一角見長虹，方在游思縹渺中，轉眼烏雲遮日月，回頭驟雨遍西東，背人暗暗驚天候，入夜盈盈望太空，彷彿仍時聞小曲，層樓倒映水流紅。

6. 離卻萬千烽火去，翻逢三四友朋來，逆流小憩林中寺，酬世長談天下才，鳥語不如人語響，風聲眞比水聲哀，紅塵日落山頭久，始罷濃茶踏月回。

7. 不欲深深話古今，高樓何事更低吟，眼前一一孩兒淚，堂上懸懸父母心，人去每尋紅粉夢，我來猶是素衣襟，南天潮落啼黃鳥，獨對西風留好音。

8. 萬紫千紅曾記得，家居原在虎山頭，斯人不見黃花落，是處方知滄海流，自北而南天作色，由春徂夏歲成秋，重來二十餘年後，到此眞懷千歲憂。

9. 無限春光人不惜，鶯鳴空憶兩三聲，儘多薄霧迷山色，偏有華燈礙月明，獵戶星猶陳海角，朱門事已動山城，到頭我亦別妻子，難說今朝客裏情。

10. 南天海市又如何？人道霓虹燈已多，車駕聲同三峽水，舞衣裳似一銀河，繁華自易思今昔，寂寞誠難聽樂歌，夜對星辰眠不得，誰憐歲月夢中過。

11. 物換星移大海前，涼風初拂水中天，百千萬戶人方寐，三兩漁舟火已燃，燈影漸隨雲影暗，客情終爲世情牽，空齋祇欲勤書寫，怎奈鄉中郵不傳。

12. 舉世爭誇原子彈，籬邊欣見蔦蘿藤，山中行去無僧舍，水上飄來有塔燈，人世重臨餘片語，乾坤一擲又何能，等閒別卻神仙侶，苦難中曾三折肱。

13. 南望滔滔都是水，即今北望亦彌漫，因思燈下春醪綠，頓覺天邊夜月寒，一片銀光覷有影，幾多花色憶無端，行人海上閒言語，莫道悠悠總一般。

14. 如獲小舟從此去，漫留天地爲吾廬，漫聞父老談天象，漫共友生說地圖，
山上有山爲鹿洞，山頭有水爲鵝湖，鵝湖事果成千載，空憶花開一萬株。

15. 入夢時時渾不曉，居然相對話前塵，強歡縱易酬深愛，慚愧終難慰至親，
葉嫩層層垂後果，花開艷艷富前因，飄蓬飛絮無沾惹，總似人間一罪人。

16. 應能一覺即光明，起向東方路上行，天以尼山爲木鐸，我聞曠野有人聲，
一番事可輕生死，廿億人皆望太平，終憶鵝湖山下好，嶺雲相送亦相迎。

17. 於今又識翻騰意，了了無須著一塵，以水爲天天似錦，鋪雲成地地如鱗，
從來不說山川舊，到此方知天地新，剔破虛空緣底事，俯窺天下一家人。

18. 栖栖何意未言歸，著地愴然見黍離，月落星沉椰子樹，風吹雨打鳳凰枝，
望穿秋水惟雙眼，被覆蒼生只一衣，湖海縱能藏熱淚，飄浮不復有微辭。

19. 昔日曾爲鵝湖吟，十年一夢到而今，不須起意惟山色，應莫安排是水心，
人世未能辭出處，我身端的識浮沉，鵝湖此日情何似，大海無由測淺深。

3. 鵝湖信江農業專科學校史略

信江鵝湖兩書院，為本校之所從出，前者成立於清初，後者則遠在南宋末年，即已創建，皆為紀念朱（熹）陸（九淵）而設，清李光地創修曲江書院（信江書院最初名稱）紀云：「南渡後有陸氏兄弟，以學術道義與朱子相切磋，而朱子趨朝，往來必由信州取道。故玉山之講，鵝湖之會，道脈攸繫，跡在此邦。」所謂鵝湖之會，計曾費時十日，其辯論異同之結果，遂決定朱陸學說之分歧，我國理學上之兩大派別，於焉產生，而王陽明知行合一之說，亦植基於此。舊學商量加邃密，新知涵詠轉深沉，即此會講後語也。在科舉時代，我國研究學問者，多賴書院，故在名學者主持下之書院中，常有新學說與新學派之興起，同時新學說與新學派亦每藉書院作宣揚之場，而信江鵝湖兩書院，復因其在學術史上有其崇高之地位，且有比較充裕之款產，作講學之助，則人才學術之盛於此，固所宜也。

清末以來，現代潮流，激盪而至，信江書院遂被改為廣信中學堂，首先教授現代科學，民元以後又改為信江中學，嗣後又改為信江鄉師。而鵝湖書院則於民初改為鵝湖師範，繼又演變為鵝湖商業學校及鵝湖中學，迨此中學因故停辦後，鵝湖書院款產乃併入信江鄉師，繼此鄉師而來者，爲信江高級農業職業學校。民三十二年冬，經地方人士之發起，及社會賢達之贊助，復將此信江農職擴設本校，籌備年餘，始告成立，艱難締造，慘淡經營，乃於民三十五年春間，即奉准教部立案。蓋既承信江鵝湖之傳統，允有其悠久深厚之淵源，將來擴爲農院（民國三十七年冬擴爲農學院），擴爲大學，胥視努力如何耳。（三十六年四月五日程兆熊作）

4. 鵝湖信江農業專科學校畢業同學錄序

信州之南，有湖位於峯頂，相傳東晉龔氏雙鵝育子百數於此，翼成騰空而去，唐大義禪師開山卓錫，而鵝復還，此湖以鵝名之故。其後有德延禪師者，人問以如何是鵝湖境，即應以「一泓湖水春來綠，數隻仙鵝天外歸」。又問如何是境中人，復應以「松聲來客座，山翠上人衣」。至慧林郛禪師，又以「面北風高難著眼，崖前松老幻如龍」之句，狀鵝湖之境。鵝湖風物，見諸禪語，有如是者。至於鵝湖寺之爲朱、呂、二陸講學之處，且著有《鵝湖辨》、《唱和詩》、《卦序論》，則更爲人所深悉。信州刺南楊汝礪祠四先生曰鵝湖書院，宋理宗淳祐間錫名文宗書院，此誠所謂斯文之宗主，理學之

聖地也。詩人之歷其境而歌詠者，則張演有「鵝湖山下稻粱肥」之句，放翁有「我亦思報國，夢繞古戰場」之嗟，宋濂有「懷人已寂寞，對景空淹留」之感。又據鵝湖《峯頂誌》，唐時有新羅僧，求道峯頂，師亡而身亦捨，遺詩曰：「三千里路禮師顏，師已歸眞塔已關，鬼神哭泣嗟無主，空山只見水潺潺。」今湖傍有捨身岩，其由來蓋如此，亦可謂聞道夕死之流矣。夫今之鵝湖，亦猶古之鵝湖也，乃時移勢易，留斯境地，益多深感，蓋「五四」以來，新進之士，每有環境決定之言，自我不為主體，而聽其物化，凡百罪衍，於己無關，道心之亡，不任其咎，此在域外，數百年來，則更天國倫常，全被拆毀，人慾猖狂，總無底止，心性支離，不能凝聚，纔一流走，何由上提？若憑此以論學術，以言太平，不亦悲乎？本院設置於鵝湖書院之內，吾輩朝斯夕斯，習農於此，古人有一草一木思得其所之念，則吾輩今日，又豈能無一種從農業看世界之情乎？孔子曰：「惟鳥獸不可與同群，吾非斯人之徒與而誰與？」哲人襟懷，若是之廣，此在同人製此同學錄之際，自更足發人深省矣。

5. 淑馨版《大地湖山》序

在我國以前，有一位長水子璿禪師，曾問瑯琊慧覺禪師道：

「清淨本然，云何忽生山河大地？」

於是瑯琊慧覺禪師即以同樣的語句，回答子璿的問題，而一字不易。亦即以問答問，而使其開悟。又據載以前還有一位僧人，去問長沙景岑禪師道：

「如何轉得山河大地歸自己？」

於是景岑禪師便反問道：

「如何轉得自己成山河大地？」

似此所述山河大地，就我而言，於今已是四十年來，都已一下子轉成「大地湖山」了。此即是：我眼前已只是留下一個寶島，寶島三分之二都是山地。至於我心中所日夜憶及的則是鵝湖。因此之故，我在清淨本然中，多年前就寫了一本《憶鵝湖》，又在多年前，就爬了無數的山，寫了不少山地的書。

我現在把這些書，合成一本書，名叫《大地湖山》。

在《大地湖山》中，我當然不是把大地湖山轉歸自己，而只是日思夜想，以期轉得

自己成大地湖山，好讓自己歸於鵝湖，歸於山地，歸於家鄉，並歸於一己的本來面目。

我曾有詩云：

「一水千年爲綠水，一山萬古是青山；一身若問歸何處？總在青山綠水間。」

目前在此「大地湖山」一書中，共計包含如次六書，即：

1. 憶鵝湖；
2. 台灣的兩岸；
3. 台灣山地紀行；
4. 橫越合歡山，兼記太平山大元山之行；
5. 台灣宜蘭山地之行；
6. 山地書；

似此《大地湖山》一書，包括以上六書，自亦不妨名之爲《山地與鵝湖》，那已是海峽兩岸。那已使我渡過了歲月的邊緣。那不僅使我猛憶了湖光山色，那實在使人洞見了本地風光。

在本地風光裡，竟匆匆到了民國七十七年之端，亦即是一九八八年之春。在這「大地湖山中，我歡逢歲首。在這「山地與鵝湖」裡，我更「喜春來」。

於此，我除十分感謝出版此書之淑馨出版社陸又雄先生與淑馨同仁之外，我一併獻此七十七年喜春來辭之文於後：

七十七年喜春來辭

（一）

春去春來春不遠，天涯歲歲有長春；春溪自有春溪水，春路寧無春路人？
曾是春雲雲裡客，又成春嶺嶺頭身；欲知春嶺嶺頭事，春雨紛紛洗路塵。

（二）

春山不復見人時，夜色蒼然已漸垂；隨手拈來爲古木，低頭拾得是靈芝。
靈芝敬老春天好，古木尊賢春路宜；天下歸仁歸有道，春來何處更可思？

（三）

一路春寒撲面吹，嶺頭春霧正迷離；徒驚人事變無已，且任春寒到有時；

漸似春來一樹樹，恍如花發又枝枝；眼前春意同千載，由此天心總可知！

（四）

雖然不是春來日，但已確爲冬盡時；綠野春行行早早，水邊春到到遲遲。
山河大地春清寂，草木禽魚冬苦悲；冬裡有春春有夏，夏秋又各有荷葵。

（五）

莫道春猶藏密密，春來一路未曾休；應知春鳥林中息，自有春光月下遊；
藏息未能離翠谷，休遊不免在荒丘；藏休遊息春常在，春去春來遍九州。

（六）

此道由來生地天，天人之際春悠然；悠然春意原無限，自爾春明未有邊。
日月總歸頭上照，古今常在眼中纏；山川草木春多少？世界三千又大千。

（七）

春來放眼觀人寰，歲月常懷是孔顏；柳下惠常留世上，介之推自在人間；
管寧只有他鄉老，康節焉能此際還？春到書齋仍獨坐，又懷舜水與船山。

（八）

諸事於今細細推，不須歡喜不須哀；窗前已是櫻初放，嶺上誰云梅未開？
報歲蘭開十數朵，白頭翁到幾多回？既然所見惟花鳥，九十春光一定來。

（九）

春來試問來何似？眞似普天普地來；一切來時都復返，惟留逝者不重回。
雙親早日人長往，弟妹連年土一堆；到此回頭更轉腦，眞難忍睹舊樓台。

（十）

春來更欲問誰耶，道是無涯又有涯；就簡删繁繁未化，標新立異異爲誇。
九秋更有三冬樹，正月翻連二月花；天下若能從所好，春來先到路人家。

（十一）

不是春來亦似來，小園春色已成堆；抬頭總覺全辜負，揮手焉能不用排？
惆悵於今無可捨，低徊昔日有栽培；微微難免心中鬧，緩步行行踐綠苔。

（十二）

春一來時就是春，山河大地顯眞身；春天不在青天外，春氣長須正氣申。
春色動人原極少，春風吹我已全眞；若問此身何所事，太息仍須立一塵！

（十三）

寒風裡面有春天，又把春吹到一邊；更把春吹至海角，還將春送到山前。
時時都有春隨後，處處豈無春在先？是以秋冬聯夏日，一番春意總綿綿。

（十四）

寒流忽伴寒風至，春意此時更渺茫；但若寒流來北極，不難春雨到南荒。
冬寒夏熱非無用，春暖秋涼自有常；日日如眞為好日，無時不是百花香。

（十五）
若問春天何處藏？有人說是在秋霜；當然亦在嚴冬雪，但更藏於火熱場；
夏日炎炎終暖暖，春時暖暖又清涼；三春一旦歸天下，冷熱都將兩不妨。

（十六）
總望三春能早臨，春在雲中更在心；由此寸心思往古，回頭一念到於今。
春花開處無言語，黃鳥啼時有法音；只識三春全未遠，奈何步履不能尋！

（十七）
果然一旦春來到，春日春光春水流；春杏春桃花朵朵，春鶯春燕聲啾啾。
春山春嶺春千谷，春野春田春一丘，春雨春風春世界，自然春滿古神州。

（十八）
又有玉山山上雪，分明化作雪中春；雪中春滿千千樹，人世春成一□塵；
更有鵝湖山下水，豈無白鹿洞中身？祇須撲面春風起，便暖千千萬萬人。

（十九）

漸漸春來眞正來，滿山滿谷滿胸懷；滿天滿地滿林木，滿室滿堂滿露台。
只取半開花一朵，不須一朵花全開；其間豈必無深意？且請旁人試一猜。

（二十）

只信春來只信春，當然自更信仁人；已曾確信桃花後，自爾難忘泗水濱。
細細思量無限事，深深澈悟一孤身；祗因識得春來到，更識山河面目眞。

（二十一）

歲月山河春意滿，春來天地即同春；終須料理春來事，自必傳承春去身。
造化流行眞似水，乾坤易簡自如神；雪中有炭方溫暖，誰是春寒澈碳人？

（二十二）

天未明時春夢醒，起來行走不罷休；路燈每礙天邊月，野犬常爲陌上仇；
溪畔溪橋和溪石，寒風寒雨共寒流；春來更向春山去，只是晨遊非夜遊。

(二十三)

又臨春夜與春晨，難得於今識得春；春樹春陽春氣概，春花春月春精神；
春風春雨春思慮，春水春橋春故人。隨意行來瀑布頂，有全音響有全眞。

(二十四)

識得春來識得夏，炎炎夏日又涼秋；知溫知暖知炎熱，知寒知冷知清幽。
秋冬過去為春夏，上下由來有四周；由此以言春究竟，春來春去豈無由？

(二十五)

一言說盡山河處，晨起抬頭月一輪；夢醒依然猶是夢，春來必竟無非春。
春明春暗春光景，春面春人春化身；萬萬千千春面目，剎時天下盡歸仁！

(二十六)

一輪明月春雲遮，霧裡無花自有花；春夜已非春夜夢，春人不在春人家。
春風吹處狂風起，春雨飄時細雨加。大道行行春自好，春來日月總光華。

（七十七年一月十二日，農曆年近，課後爬山得靈芝，又十六日赴瀑布頂，得古木作此辭。）

6. 颱風中憶鵝湖

中國文化大學教授 程兆熊 1991/09刊於鵝湖月刊（195）

（1）日夜橋頭總不辭，風風雨雨已如斯；一溪流水留眞照，遍地山河豈鮮知？自有千秋千古在，寧無大道大扶持？一輪明月滯天末，天末誰能忘所之！

（2）苦苦言來未必非，冒風雨走又何爲？颱災連續曾多次，天變何嘗是一時？門外果然一片黑，心中原自無微辭。橋頭每每衣裳濕，畢竟溪山未改移。

（3）於今若有人相問，到底鵝湖有也無？湖水一泓苗自長，仙鵝數隻卵方孵。成雛成活當容易，漸大漸飛可復初；見到一番眞面目，必然處處是鵝湖。

（4）若問鵝湖何所事？鵝湖書院有叢書；讀書進德尋師友，復禮興仁要共圖。
教本性情爲正道，學歸生命闢新途；慧出叢林應萬變，尋常日用立規模。

（5）再問鵝湖眞境界，稻樑熟處是鵝湖；田園自古皆珍寶，魔鬼於今亦聖徒。
日月兩輪終必有，詩書萬卷豈能無？清平世界如湖水，湖水由來總不殊！

（6）蓬萊月是鵝湖月，月照橋頭是一身；不在山川草木外，已蒙南北東西塵。
懷土懷鄉懷家國，念古念今念故人！但願鵝湖前水好，春來仍是一湖春。

（7）年年歲歲忘年月，來往翛然豈易知？歷史人文眞足貴，清明易簡確爲稀。
終由一哲而通哲，更自常時到變時；傳統傳薪千萬載，不由人我不同悲！

（8）四十年來憶所宗，此情自必與人同；負函道上談書院，斗室窗前說大風。
日坐橋頭溪水畔，夜眠榻上海灣東；尋常日用誰能識？妙道終歸日用中。

（9）天邊月色又融融，日夜鵝湖對太空；不是一番風雨後，焉能長在太陽中？
尊賢敬老情何異，孝順如來心正同；一化由之寧有盡？斯心畢竟已無窮。

（10）高山流水一絲絲，流到橋頭作一溪；成沼成淵成瀑布，成河成海成東西。
甘泉自在高山頂，滄溟終隨大澤低；湖在山頭又在下，鵝湖山下醉人歸。

（11）鵝湖會講今如昔，試問何由覓舊跡？舊跡縱然一點留，精神終是萬難識！
時時總覺已無餘，漸漸方知因有積；捨卻東西南北行，鵝湖山下中天立。

（12）鵝湖是否渡斯人？根本鵝湖非是渡。遊罷即歸歸有家，家歸何處歸無路。
本來一路直而平，今後全程平且固；大道鵝湖山下留，分明一直新而故。

（13）是否鵝湖可作家？鵝湖仍是在天涯。一輪明月照溪畔，半壁河山映彩霞。
加減乘除終是法，東西南北不須嗟；鵝湖雖是無多子，即此何須更有他？

（14）是否鵝湖長已矣？鵝湖依舊是鵝湖！一心自必心如水，兩腳無妨腳似驢。此手若能同聖手，成書亦只是庸書；最難忘卻爲湖上，天地曾將作一廬。

（15）颱風去後月光明，一陣圓明一陣暗；暗暗天空終有窮，明明月下應無限。浮雲只是水邊浮，緩步當然聲裡緩；月照鵝湖又若何？清明自在青天上。

（16）月下溪邊石徑斜，一旁石裏有新芽；新芽漸漸能成長，頑石層層化作沙。到此祇須諸品靜，由他終獲萬緣加；大地今朝修補後，居然殃及石中花。

（17）提起鵝湖事萬千，颱風裏面憶連連；一番明日有圓缺，根本月明無缺圓。有有無無同出入，時時刻刻總牽纏，鵝湖歲月眞相問，且問前賢更後賢。

《憶鵝湖》重版校後記

此書成於二十年前，今重校之，已成陳迹。而知友彭震球教授，猶嘉而重刊之。我近成諸稿，則擱置待印，，眞難免有「昔我今我，是同是墨」之感矣。雖然，前身今身，其來有自；友人處置，亦非無因。若說「昨夜窗前看明月，曉來不是日頭紅」，則昔我常念朱陸，今我時思舜水，益念船山，似此遙遙之心，慇慇之意，又果何如耶？我妻近復有〈憶鵝湖〉一詩云：「綠柳蟬鳴夏日長，鵝湖夢裡不能忘；最憶看花携手處，覺來惟有淚千行。」曾三和之曰：（一）二十餘年話正長，是難忘處總難忘，自從一別鵝湖後，誤了爹娘誤本行。（二）鵝湖山下水流長，流到天涯兩不忘；自是慈雲繚繞處，梨花似雪一行行。（三）於今水遠更心長，影像昭昭豈復忘？太息鵝湖千載下，仙鵝飛去不成行。要知仙鵝，一來千載，一去千年；一去一來，終歸一念！此書校畢，記此數言；隨手寫來，說感而已。

中華民國六十四年一月二十七日　程兆熊自記於臺北市景美與木柵之間。

國家圖書館出版品預行編目資料

憶鵝湖：歷史、文化、山川、人物與農村的斷想／程兆熊著. -- 初版. -- 新北市：華夏出版有限公司, 2022.06

面；　　公分. --（程兆熊作品集；05）

ISBN 978-626-7134-10-8（平裝）

856.287　　111004117

程兆熊作品集 005

憶鵝湖：歷史、文化、山川、人物與農村的斷想

著　作　程兆熊
印　刷　百通科技股份有限公司
電話：02-86926066　傳真：02-86926016
出　版　華夏出版有限公司
220 新北市板橋區縣民大道 3 段 93 巷 30 弄 25 號 1 樓
電話：02-32343788　傳真：02-22234544
E-mail　pftwsdom@ms7.hinet.net
總經銷　貿騰發賣股份有限公司
新北市 235 中和區立德街 136 號 6 樓
電話：02-82275988　傳真：02-82275989
網址：www.namode.com
法律顧問　呂榮海律師
台北市錦西街62號 電話：02-25528919
版　次　2022 年 6 月初版一刷
特　價　新台幣 320 元　（缺頁或破損的書，請寄回更換）

ISBN-13：978-626-7134-10-8
《憶鵝湖》由程明琤授權華夏出版有限公司出版
尊重智慧財產權・未經同意請勿翻印 (Printed in Taiwan)